# 黄金豹

江户川乱步少年侦探系列

〔日〕江户川乱步 著
曹艺 译

人民文学出版社
PEOPLE'S LITERATURE PUBLISHING HOUSE

**图书在版编目(CIP)数据**

黄金豹/(日)江户川乱步著;曹艺译.—北京:
人民文学出版社,2017
(江户川乱步少年侦探系列)
ISBN 978-7-02-012764-1

Ⅰ.①黄… Ⅱ.①江… ②曹… Ⅲ.①儿童小说-侦探小说-日本-现代 Ⅳ.①I313.84

中国版本图书馆 CIP 数据核字(2017)第 101154 号

责任编辑　卜艳冰　王皎娇
装帧设计　汪佳诗

出版发行　人民文学出版社
社　　址　北京市朝内大街 166 号
邮政编码　100705
网　　址　http://www.rw-cn.com

印　　刷　山东德州新华印务有限责任公司
经　　销　全国新华书店等

开　　本　890 毫米×1240 毫米　1/32
印　　张　4.5
字　　数　60 千字
版　　次　2017 年 7 月北京第 1 版
印　　次　2017 年 7 月第 1 次印刷

书　　号　978-7-02-012764-1
定　　价　28.00 元

如有印装质量问题,请与本社图书销售中心调换。电话:010-65233595

— 目 录 —

魔豹　/1

银座的怪事　/5

猫宅　/9

怪兽与宝石　/13

怪兽与钞票　/17

怪兽与两位少年　/21

千年魔豹　/25

会动的毛皮　/30

魔豹的行踪　/36

晚上十点　/40

小林立功　/48

屋顶的怪兽　/54

金色的弧线　/58

空中杂技　/62

怪兽与密室　/67

列车劫案　/72

捕猎行动　/76

怪老头　/80

隐身术　/84

小卖部的怪物　/88

明智侦探事务所　/92

绝世珍宝　/97

保险箱的秘密　/101

怪兽对奇兽　/105

金蝉脱壳　/109

林中小屋　/113

猫姑娘　/117

猫夫人　/121

地底的黄金豹　/125

怪兽的真面目　/129

恶魔的下场　/136

# 魔豹

最近有个传言，说是东京出现了一头魔豹。

一个美妙的月夜，一位中学生离开朋友家，回家的路上，经过一座洋房前，这一带比较偏僻，才九点，街上已经是空无一人。皓月当空，从低矮的围墙望过去，可见皎洁的月光洒在洋房的屋顶上，白白的一片。

一只大猫，慢悠悠地走在上面。

"哟，这只猫可不小啊。"中学生一惊，停下了脚步。

只见那只大猫，一步一步朝自己这边走来，体型竟有普通猫的十倍。更不可思议的是，它浑身金光闪闪，又有黑色的斑纹遍布全身。

"哇，不是猫，是豹子！"

这可把中学生吓瘫了，想逃，可腿脚就是不听使唤。

你还别说，这豹子真美。月光洒在它身上，令它的周身泛起一圈金色的光晕，美极了。豹子走到屋檐处，两只青光湛湛的大眼睛死死盯着中学生——可怜的娃，吓得连气都快喘不上了。

一头活生生的豹子，行走在东京市区的一处房顶，这画面太令人匪夷所思。况且，它不是黄色的，而是金光闪闪，不是月光的关系，当真是金色的——好一头魔幻的黄金豹！

就在这时，洋房的屋檐处突然"唰"的亮起一道金色的弧。豹子跳进院子了。视线被水泥墙遮挡，中学生一时不知道里头发生了什么，没过多久，透过雕花铁门上的间隙，能看见一个闪闪发光的东西。

"啊！"

中学生惊魂未定，这头金色的怪兽已经跳出铁门外，朝这边走来。

"妈呀——"

中学生一声惨叫，一屁股坐在地上，魂不守舍。他心想："这豹子会扑过来，摁住我的胸口，一口咬死我吧。"不料这豹子竟然对中学生不理也不睬，径直走过，在街角拐个弯，消失不见了。

这时，对面传来急匆匆的脚步声，一个警察跑了过来，显然是因为听见了惨叫声。

"你还好吧？振作一点。"警察扶起中学生，问他缘故。

"我看到豹子了！一头大豹子，刚刚跑到那里去了。"说着，中学生战战兢兢地用手指了指豹子消失的街角。

"你是在说梦话吧？哪里有什么豹子。"

"我说的是真的。确实是豹子，还是头金色的豹子，刚刚拐过去，肯定还在这附近。"

"好吧，我去看看。这事太离奇了。"警察说完，朝街角跑去。

拐过街角,只见迎面走来一个人,月光下,这人的相貌打扮看得分明——是一个白须及胸的老爷子,身穿花哨的格子西装,拄着拐杖。

"大爷,您见有什么动物经过这儿了吗?比猫啊狗啊什么的大多了,金光闪闪的。"

听了警察的话,老爷子答道:"啥也没看见呀。"说着微微一笑。

中学生所见的黄金豹,从此不见了踪影,第二天也没有现身。这么说来,他是在做梦么?要么就是出现幻觉了。

"我没撒谎,是真的看到了,金色的豹子,体型有猫的十倍大呢。"

没人信他。

# 银座的怪事

过了一个星期,一天傍晚,在位于东京银座的知名美术品商店——美宝堂的陈列室,前来欣赏美术品的顾客济济一堂,热闹非凡。靠墙陈列着几尊真人大小的古代佛像,佛像旁边摆着一具古代的铠甲。此外,还有图案精美的中国古代大花瓶。

然而在这些陈列品当中最吸引人眼球的,还数一尊硕大的豹形摆件。大概是镀了金的缘故,浑身上下金灿灿的,表面有黑色斑纹。它前爪支地,端端正正地坐着,活像神社门口的狮子狗雕像。

"哇,你看它,多漂亮,太逼真了。"

"瞧瞧它的眼睛,发青光呢,随时会扑过来似的。"

"你还别说，竟然有这么大的豹子摆件，太难得了。瞧它这一身，金碧辉煌呀。"

走过豹形摆件跟前的人无不交口称赞。一位绅士走到掌柜身边，问道：

"那儿摆的金豹子，简直巧夺天工呀。是什么人制作的，又是什么年代的作品呢？"

掌柜却是一副吃惊的模样，反问顾客：

"金豹子？我们没陈列呀。您是在哪儿看到的？"

"不就在那儿嘛。你看，好多人围观呢，佛像边上。"

"是么……奇怪了，我们店没有豹子摆件呀。"掌柜迷惑不解，赶紧前去查看。他扒拉开围观的顾客，只见眼前赫然坐着一只硕大的金色豹子，不禁惊叫一声——完全没有印象啊，刚才这里哪有什么豹子。究竟是谁，在什么时候，把这么大的摆件神不知鬼不觉地放在这里的？真是让人摸不着头脑。

突然，有一位顾客惊叫道：

"你们看，动了！豹子动了！"

果不其然，金色的豹子动了起来，抬起前爪耸耸肩。它扬起头的一瞬间，张开了血盆大口，白森森的利齿尖牙，瘆人极了。

顾客看到这一幕，无不四散逃窜，掌柜也逃了。一眨眼工夫，美宝堂里不见了人影，店堂空荡荡的，只有一只金色的豹子，大模大样地走出了门外。

"哇，豹子！金豹子！"

走在银座大街的人们作鸟兽散。眼下是黄昏时分，路灯的光亮已经盖过了天光。美宝堂门前左右一百米都不见了人影，热闹的银座大街像是清了场似的，连来往车辆也绝了迹。暮色笼罩空旷的银座大街，一只金光闪闪的豹子慢悠悠地走着。

没过多久，大概是有人报了警，十位警员组队赶来，人手一把手枪。一大群好事之徒跟在警员后头。虽说豹子只是在散步，并没有危害人类，但毕竟是猛兽，所以必须尽快射杀，以免出乱子。远程射击无法确保一枪毙命，反而更加危险，因此警员们决定来个近距离击杀，小心翼翼地逼近豹子。另一方面，警方致电上野动物园，请求派遣驯养豹子的专家火速赶来银座——生擒活捉毕竟比杀了它好。

豹子慢悠悠往前走，人群乱哄哄往后退，豹子身前一百米的范围内空无一人。它拐过街角，前方眨眼间没了人影，店家也是赶紧关门，如临大敌。

就这样，豹子从一个街区走到另一个街区，既不跑，也不停步，只是慢悠悠地走啊走。其身后五十米开外，十位警员外加十来个好事之徒小心尾随，并且逐渐缩小间距，意图在合适的距离击毙豹子。

一身金碧辉煌的黄金豹走在前，一群人默默地跟在后面，多么奇妙的一个场面呀。

# 猫宅

不知不觉地,豹子离开了繁华街区,来到一处僻静的所在。这里是住宅区,没有商家,路两旁是长长的水泥墙。

突然,怪事发生了。豹子冷不丁地停下脚步,伫立在马路当中。它回过头,夜色中,那双闪着青光的眼睛像是幽幽的鬼火,邪气逼人。警员们见状不禁停下脚步,摆出随时开火的架势,以防豹子猛扑过来。

然而,豹子只是回头看着人们,并没有要扑过去的意思。人和野兽,双方对峙片刻。忽然,豹子像是受了惊,身躯一振,往前猛跑起来。

"别让它跑了!"

警员们紧随其后，人的脚力显然无法和豹子相比，双方逐渐拉开了距离。豹子跑过了两个街角，道路两侧是长长的红砖墙，墙内有一座老旧的木造洋房。是谁住在这里呢？

眨眼间，黄金豹已经到了墙角，紧接着飞身跃上墙顶，猛回头瞪了一眼追兵，便纵身一跃，跳进院子里。警官们很快赶到门前——必须第一时间告知住户豹子入侵的事情。

门是敞着的，门口有一棵偌大的棕榈树，不远处就是洋房的入口。警员们端着手枪东张西望，小心地走进洋房。没见到豹子，估计在后院吧。他们兵分两路，一左一右包抄后院，领队模样的警员则按响了门铃。

门开了，出来一位老者，眼神充满疑惑，打量着来客。这老人戴着一副厚实的玳瑁眼镜，白须及胸，身穿花哨的格子西服，看模样不像是下人，估计是这户人家的主人。

"出大事了。一只豹子，越过了贵府的围墙，逃到后院去了。我们正在后院搜寻，请您关好窗户，以免豹子溜进室内。"

听了队长的话，白胡子老人微微一笑，说道：

"劳您费心，窗户都关好了。实话告诉您，我家有不少动物，所以平时窗户总是关着的。"

"您说动物？"队长一脸纳闷的神色。

"是小动物，猫。我养了十六只猫，它们是我可爱的朋友，可一不留神，就从窗户溜出去了，所以我家的窗户一向是关上的。"

十六只猫！太惊人了，这户人家简直是猫宅。这位老人，就是猫爷爷了。两人正聊着，从里面出来一群猫，白的、黑的、花的、带条纹的，形形色色，围聚在老人身后。

"去，去，都到里头去，可怕的豹子来了，小心别被它盯上了，大家都往里走。"

老人跟猫说话的口气就当它们是人一样。猫咪们仿佛听懂了主人的话，纷纷慢吞吞地朝里屋走去。这时传来嗒嗒嗒的脚步声，搜寻后院的人马回来了。

"豹子不见了。我们从两边进了后院，假山的后面，树丛里，都找了个遍，没有任何发现。太奇怪了。"

白胡子老人听了，笑了起来：

"这豹子，是不是金色的？"

"没错。全身金色，非常神秘。"

"呵呵，那是传说中的魔豹。一旦消失，你就再也找不到它了。"

老人的笑容意味深长。

随后，一场大规模搜查行动在附近展开。除了这十名警员，还动员了别的警察以及消防队员，挨个街区搜寻——结果一无所获，只能认为它消失了。这只黄金豹，或许真的是成精了，不折不扣的魔豹。话说回来，猫宅里的猫爷爷，是个可疑的人物。回想中学生路遇豹子的事件，当豹子拐过街角消失后，对面出现的也是一个白胡子老头，同样穿着格子西服。魔豹消失，白胡子老头随后出现，这个老爷子到底是什么来头呢？

― 怪 兽 与 宝 石 ―

美宝堂的怪事发生三天后,银座的另一家商店也遭遇了黄金豹。这次遇袭的,不是美术品商店,而是珠宝店。这家珠宝店大名鼎鼎,宽敞的店堂里,陈列着许多硕大的玻璃展柜,顾客徜徉于展柜间,欣赏珠光宝气。

事情发生在晚上八点左右,店堂内有十几位顾客,七个店员从展柜中取出宝石胸针、项链等,向顾客展示。就在这时,一位女客人望着一处墙角,一脸惊讶。她说:

"那是什么呀?瞧那儿,展柜后头有什么东西,金色的。"

店员吃了一惊,朝顾客所指方向望去。果不其然，金光闪闪的庞然大物！展柜的玻璃反射着灯光，以至于看不太清楚展柜后面的情况，但可以肯定，那里有什么东西。

店员和女客人的举动吸引来别的店员和顾客，众人齐齐望过去。

"妈呀——"

两位女客人的尖叫声划破了沉寂。紧接着，无论是店员还是顾客，都争先恐后地朝店外跑去，就像发生了大地震。最后跑出门的店员把店门关得死死的，透过门上的玻璃观察店内的情况——一只金色的豹子，抬起前爪搁在展柜上，直起上半身，像人一样站立着，两只眼睛凶光毕露，死死地瞪着门外。

一个店员借隔壁商店的电话报警。附近的商家无不火速关门闭户，银座大街上的行人也赶紧跑开，珠宝店附近一时间没了人影，空荡荡好比夜半时分。十来个勇敢的好事之徒和店员一道，躲在店门的一侧，窥视店堂里的动静。

眼前的黄金豹，做起了一件令人匪夷所思的事情。它打开了展柜，用前爪钩起玻璃台面上摆着的钻石胸针和珍珠项链，放进自己的嘴里——豹子在吃珠宝！这些珠宝价值连城，而豹子正在把它们一件一件地吞进肚子。

"大事不好！那家伙看样子是要吃光咱家的珠宝啊。没听说过有豹子爱吃珠宝的……"门外的店员交头接耳。突然响起一阵急促的脚步声，原来是五位持枪警员赶来了。他们来到珠宝店前，透过门上的玻璃朝里望。

"就是它！上次的家伙。你快开门，这次一定要了它的命！"

店员随即开门，五名警员争先恐后地闯了进去。黄金豹可比警察敏捷多了，它见有人开了门，便打住不再吃珠宝，猛地扭头转身，跑进珠宝店内的接待室，用后腿踹上了房门。警员随即赶到，用力开门，可能是豹子的那一脚踹门力量太大，门的搭扣锁上了，无法打开。

"砸门!"

一位警员用身体去撞门,反复几次之后,噼里啪啦,门板被撞烂了。警员伸手进去解开搭扣,一把推开门,一干人等随后闯了进去——房间是空的。唯一的一扇窗户也是关着的,上了搭扣,更何况窗户还安装了粗壮的铁栅栏。

果然是魔豹。它就像一股烟,消失了,连同被它吞下肚子的宝石。说来也怪,这么大的动物,怎么可能消失在没有其他出入口的房间呢?其中必有蹊跷,肯定是用了常人所无法想象的奇门遁甲之术。

## 怪兽与钞票

发生在珠宝店的怪事又被报社拿来说事,大篇幅刊登在第二天的报纸上。整个东京都颤抖了。即便出现的是普通的豹子,也能搅个满城风雨,何况是金光闪闪的怪兽。那家伙,似乎有隐身术,能够随时消失,这么说来,它也能随时现身咯?一定是这样的——这个观念使得东京的人们战战兢兢,晚上睡个安稳觉都难。

就在珠宝店遭窃一事发生两天后,那天下午,黄金豹现身日本桥的江户银行。

银行临近歇业时间,一位老绅士拿着介绍信拜访经理。他一身黑衣,戴着大眼镜,留着白胡子,慈眉善目的,年纪六十来岁。当时经理忙于接待别的客人，便请老绅士在会客室等候片刻。女职员将老绅士引进会客室后便关上门离开，老人走到朝向小胡同的窗户边，轻轻地打开窗，嘘嘘吹了几声口哨，像是在呼唤什么……此后发生了什么事呢？没有人看见。

再来看银行经理。客人总算走了，他赶紧去会客室，总不能让老人等太久吧。他打开房门，前脚还没迈进房间，就"啊"地惊叫一声。他看到什么了？

会客室的正中央有一张桌子，后面有一张椅子，椅子上竟然坐着一只金色的豹子！两只前爪按着桌面，目光炯炯，死死盯住经理——刚才那位白胡子绅士摇身一变，成了黄金豹！

"黄金豹！救命啊！"

经理大声嚷嚷着在走廊上飞奔。那只豹子随后出了会客室，慢悠悠跟在经理身后。

几十位职员在银行的中心区域办公。经理跑到这里，大声命令其中一位：

"不得了了，会客室里有黄金豹。赶紧去报警！"

其余几十人听到声音，齐齐朝经理望去，刚好看见走来的黄金豹。

"哇——"

所有的人就像是屁股上着了火,噌地跳了起来,撞翻了椅子,逃之夭夭。经理打了一个激灵,回头一看,黄金豹就在身后,他也吓得"哇"地大叫,飞奔起来。

黄金豹跃上办公桌,从一张桌子跳到另一张,把整个银行转了个遍。刚刚还是慢悠悠地走着,冷不丁在办公桌间跳跃,发了狂似的冲进保险库又跑了出来。这期间,职员们个个吓得哇哇乱叫,无头苍蝇似的东奔西跑。

过了一阵,黄金豹像是有了主意,从走廊跑上通往二楼的台阶。银行的二楼是会议室和高管们的办公室。前台的女职员赶紧给高管打电话,提醒他们锁好门以防豹子进入。

片刻,一位高管在台阶上现身,对楼下的职员喊话:

"豹子去了哪儿呀?我心想总不能一直关着门

吧，轻轻开了门到处看了看，哪里有什么豹子啊。"

于是，职员们胆战心惊地上了楼，把二楼的房间搜了个遍，都没有发现豹子的身影。这家银行的台阶不止一条，或许它走了后面那条没人的台阶出去了。室外天色尚明，金色的豹子理应非常显眼才对。大家走出银行，把门前大街、门后小道都找了个遍，还向在场的汽车司机打听，结果是一无所获。

魔豹又一次像一股烟一样消失了——这次可没有那么简单。

"快来呀！不得了啦！成捆的钞票不见了！"

负责检查保险库的一位职员大声嚷嚷着跑了出来。他在豹子现身前就在保险库里整理成捆的钞票，总价上亿的钞票堆，如今不见了踪影。黄金豹的确跑进了保险库，那也就是一小会儿的事情，它总不可能吞下那么多钱吧。

没过多久，十来个警员赶来了，彻底搜查银行的每一个角落，既没发现黄金豹，也没发现巨款，两者似乎都蒸发了。

## —怪兽与两位少年—

银行遇袭的第二天，大侦探明智小五郎的得力助手、少年侦探团的团长小林芳雄上门拜访他的朋友园田武夫，两人在武夫君的书房商量事情。园田武夫就读中学一年级，少年侦探团的团员当中数他最聪明也最勇敢，因此被推举为副团长，小林有事首先找他商量。

园田武夫家住麹町六号街区，这一带是安静的住宅区，明智侦探的事务所也离这里不远。武夫君的父亲是一家公司的高管，他家是一座大宅子，院子也是又宽又敞。武夫君的书房是一个十来平方米的西式房间，窗边摆放书桌，玻璃窗外是树木繁多的院子。

眼下，两人的话题就是那头"魔豹"。

"那个白胡子老头很可疑。最早中学生目击的那头黄金豹，从房顶上跳下来，拐过街角不见了，迎面就走来一个白胡子老头。后来，黄金豹出现在银座的美术品商店，跑进了筑地的一所洋房，又消失了。洋房里住的，又是一个白胡子老头。昨天银行遭抢之前，同样是一个白胡子老头上门拜访经理，就在会客室里变成了黄金豹。你说巧不巧？我有一个想法，化化装，去会会筑地的猫爷爷。"

小林团长刚说完，武夫君立刻表示赞同。他说：

"嗯。我也觉得猫爷爷很可疑。可是他跟金色的豹子有什么关系呢？该不会是他披上金色的毛皮，化装成豹子吧。"

"你说的这一点我也考虑了，不过他是做不到的。人类的腿比豹的腿长，而且弯曲的方式也不一样。人类趴在地上用双手双脚爬，那也是膝盖着地，拖着小腿和脚爬行，这多出来的一截是伪装不了的。三更半夜的时候或许看不清，可是美术品商店和银行的两起案件都是傍晚发生的，天还没黑，况且现场有好多人，化装一下子就会被识破的，所以黄金豹一定是真正的豹子。它之所以闪闪发光，也许是胶水里掺了金粉涂在身上。这么做显然是为了吓唬人，瞧它那模样，多瘆人啊。"

"那怎么解释豹子凭空消失呢？如果是猫爷爷穿上皮毛化装的，神出鬼没起来也不难，照你说，它是真的豹子，那就太离奇了。难道真是魔豹吗？"

"嘿嘿嘿……"

园田武夫正说着，不知哪里传来一阵怪笑声。两人面面相觑。房间里除了他俩没有别人。这么说门外的走廊有人？园田君刷地起身，一把推开房门。走廊亮着电灯，灯光下并没有人影。谨慎起见，他来到拐角处望了望，也没有发现什么。

"没人呀。真奇怪，我明明听到有人笑了。"

"既然走廊没人，说不定是窗外？"

小林说着，打开朝向院子的玻璃窗。偌大的院子漆黑一片，室内的光线透过窗户，在地面上投射出一块方形的光斑。

"院子里好像也没人呀。"说着正要关上窗户……

"嘿嘿嘿……"

又是一阵令人毛骨悚然的怪笑。这回的笑声更大了。

"你瞧！那是什么。"武夫君压低声音说。

只见黑暗中有一个金光闪闪的物体在运动。那东西朝这边飞速靠近，进入那块方形的光斑。

"啊！"两人不约而同地惊叫起来。

一头体型硕大的金色豹子，立着后腿，站在那里。

## 千年魔豹

豹子的身躯反射灯光,金光直刺人眼。它太大了,后腿支地,前爪就搁在窗棂上,恶狠狠地瞪着屋内的两人,张着血盆大口,"嘿嘿嘿"地笑着。

动物不会笑。眼下的豹子却发出了人的笑声,真是前所未闻,吓得小林、园田两人两股战战,瘫在椅子上动弹不得,目光被怪兽牢牢地牵扯住,怎么也回避不了。这时,怪兽竟然把脑袋探进窗户里来了,并且说起了人话——并不像是人在说话,而是一种十分嘶哑的声音,就像是把窃窃私语声用扩音器放大之后的音响效果,听着很难受。

"武夫君,你的父亲收集一切跟豹有关的东西。豹子的图画、豹子的摆件、豹子的皮毛,他这么喜欢豹子，我也喜欢他。我想要他最珍爱的豹子摆件。你也知道的，就是那一尊银笼子里的金豹子。二十厘米高的纯金豹子，放在银质的小笼子里。光是那一身沉甸甸的纯金就值大价钱，何况它身上的斑点都是顶级的黑玛瑙，说到眼睛就更不得了，单颗三克拉的大钻石，两只眼睛就价值连城了。可爱的小豹子张着红红的嘴，那是因为含着红宝石。而且，这只豹子的做工一流，毕竟是出自日本的巨匠之手。所以，我想你父亲是绝不会放手的，而我想得到它，不，我一定要得到它！

"去告诉你父亲，两三天之内我一定会来取走它的。我是修行千年的魔豹，能说人话，你父亲再防备也没用，我一定会偷走它的，来多少警察我也不怕，谁让我会魔法呢？嘿嘿嘿……记得通知你父亲。我先告辞了。"

怪兽用嘶哑古怪的腔调絮絮叨叨说了好多话，忽然从窗边撤身，消失在黑暗中。这时两位少年依然傻傻地坐着，站不起身来，过了好一阵才缓过神，直奔园田先生所在的房间，述说刚才发生的可怕一幕。

园田家顿时炸开了锅，立刻打电话报警。在附近巡逻的警车很快赶到，警员手持手枪和手电筒，搜遍院子的每一个角落，但没发现黄金豹。看来这怪兽又使出了隐身遁形之术。

园田先生听说怪兽要来盗取他最为珍爱的纯金豹，非常不安。从那一天起，每天都有五名警员看守屋子内外，即便如此，园田先生还是放心不下，请两个寄宿在家的学生和两位会些柔道功夫的公司部下住进他家，一同加强戒备。

此外，一个名叫助造的老爷子手持尖头铁棒，在院子里巡逻。这个助造，是园田先生的好友介绍进园田家做事的，身强力壮，负责看护院子。眼下大敌当前，他来劲儿了，扬言一旦看见黄金豹就一棍子打死它。

园田先生的宅子里有一间很大的画室，陈列着许多日本画和西洋画，无一例外地画有豹子。那尊被黄金豹盯上的纯金豹子摆件，就放在画室中央的玻璃展柜中。眼下，放在这里显然不安全，必须藏好掖好。园田先生左思右想，决定把摆件埋在自己卧房的地板下面。这个行动绝不能让怪兽发觉，必须秘密进行，但凭一己之力挖坑实在太困难，于是请了擅长弄土翻泥的助造帮忙，没有告诉家人和警员们，武夫君也是后来才知道的。

话说园田先生为什么没有找大侦探明智小五郎呢？武夫君是少年侦探团的副团长，他和小林团长一道，建议父亲求助于明智侦探，而园田先生认为既然叫了警察，就不需要惊动明智侦探了（事实证明没有请明智侦探出马是大大的失策，然而悔之晚矣）。

装纯金豹子的银笼子是个底边长约三十厘米，高约二十厘米的小笼子。首先将它用塑料布层层包裹，再放进牢固的木箱。藏匿的地点是园田先生卧房的地板下面。掀开榻榻米，再揭开地板，助造拿着铁锹爬下去挖开地板下的泥土，把木箱埋进深深的坑里,最后填上泥土,一切恢复原状。

园田先生整整两三天闭门不出。饭在卧房吃,脸在卧房洗,小心谨慎到了极点。他白天坐在下面埋藏着纯金豹子的榻榻米上,晚上就地铺被子睡觉。卧房周围,两个寄宿学生、两个部下不眠不休地看守。院子里,五位警员来回走动。助造老爷子手持铁棍,火眼金睛普照四方——这阵势,真可谓是铜墙铁壁,滴水不漏,就算是神通广大的怪兽,也必定败下阵来。园田先生稍稍宽心,可毕竟对手是修行千年的魔豹,天晓得它会搞什么鬼把戏,万万大意不得。

果不其然,就在黄金豹现身园田家的第二天,宅子里陆续发生了好几起耸人听闻的怪事。

## —会动的毛皮—

事情发生在第二天的傍晚。两名学生中的一人在巡逻房间，眼下走进了画室。前面提到过，这间大画室的四面墙上挂着许许多多日本画和西洋画，无一例外，画的全是豹子。如今家中正闹黄金豹，被墙上的那么多豹子盯着，心里不免发毛。

房间中央的玻璃展柜已经空了。学生听说豹子摆件搬去了别处，但不知道去了哪里。就在昨天，豹子摆件和银笼子还好好地保存在展柜里，现在却不见了。这一幕令他差点产生宝物被盗的错觉。

话说房间一侧的墙壁上，靠着一块杉木门板，年代久远，来自于某个寺院。门板上画了一只豹子，出自古代某位名家之手。黛色的岩山上，一只巨大的豹子前爪支地，双目炯炯——真不愧是名家之作，豹子栩栩如生，不论从哪个角度看，豹眼始终盯着观者，难怪题名"眼观六路"。

学生远远望着门板上的豹子图画，当时已经是黄昏，房间内光线昏暗，单单那幅画，却是格外鲜明，甚至感觉有些刺眼。

"奇怪，那只豹子不是金色的呀……"

一瞬间，他感觉背上像是被人泼了一盆冰水，猛地一哆嗦。那是一幅古画，颜料已经老朽剥落，整体看上去黯淡无光，今天怎么如此醒目？而且还是金光闪闪的。这还不算，那只金色的大豹子，居然慢慢地动起来了！

学生打了一个激灵，吓傻了——没看错，眼没花，豹子当真在动！两只青光闪烁的眼睛直勾勾地瞪着自己，呼啦一下张开血盆大口，露出白森森的獠牙。他要喊，却像成了哑巴，出不了声，腿脚也不听使唤了。

这时，豹子的上半身脱离了门板——这哪里是图画，分明是活物，活生生的豹子！没等学生缓过神来，豹子已经完全从画上脱了身，纵身一跃下了地，慢悠悠地走着。再看杉木门板，原先画着豹子的地方现在缺了一块豹子的形状。

学生以为豹子要扑过来咬死他，情急之下，声嘶力竭地呼救：

"妈呀——救命啊——"

他一边喊一边连滚带爬地逃出画室。听到呼救声，另一个寄宿学生、园田先生的部下纷纷赶来，助造老爷子和警员们则集中到院子，意图给豹子来个两面夹击。人们手持武器拥进画室，有人按下了电灯的开关，室内啪地亮堂了，又见窗外的院子里，警员们手持手枪赶过来——大家齐心协力搜寻，可惜一无所获，怪兽又一次像一股烟似的消失得无影无踪。

学生所见并非幻觉，杉木门板上确实缺了一块，正好是豹子脱身的形状，就在他呼救的那一小会儿，怪兽又使出了隐身术，消失了。

画上的豹子有了生命,世上不可能有这种事。这是黄金豹搞的鬼——它事先把门板上的豹子图案剜掉,用自己的身体填补上缺口,一动也不动,伪装成图画,在学生进来的时候突然脱身。好一个吓唬人的把戏,仿佛是在向人们挑衅,宣示自己可以自如地进出房间,还能伪装成古画,以此扰乱人心,趁机盗取宝贝。

园田先生心想可不能中了怪兽的计谋,于是把大家都叫到卧房,要求各位千万别自乱阵脚,进一步加强戒备。而他自己,则继续坚守卧房。

没想到次日清晨,又发生了一件可怕的事。

武夫君在上学前,听父亲的吩咐,去客厅取几本书。他家的客厅宽敞又气派,圆桌四周安放着硕大的沙发,地板上铺了地毯,地毯上面又铺了好几张父亲钟爱的豹皮。沙发上也铺着豹皮。豹皮有四条腿,还有尾巴,脑袋的部分做成了标本,眼窝里镶嵌玻璃珠,嘴巴里种上獠牙,耳朵直直立起,就像活的豹子一样,仿佛随时会发出怒吼。铺在沙发上的豹皮，脑袋是挂在扶手外侧的（要是搁在沙发坐垫或者靠背上，那得多硌人呀）。

武夫君进入客厅，拿上父亲要他取的书本，就在走出房门的一瞬间，挂在沙发扶手上的豹子脑袋仿佛有动静。

"嗯？"武夫君停住脚步回头看去，果然，豹子的脑袋在动。该不会是眼花了吧？不是，千真万确。原本耷拉着的豹子脑袋，一点一点地昂起来了！

武夫君被吓得不轻，逃到墙角，却没有出房间。他躲在一张沙发的后面，只露出眼睛，偷偷观察那边的动静。他马上想到，昨天画室里的怪事可能要在这里重演。武夫君身为少年侦探团的副团长，年纪虽小，却比寄宿学生都勇敢。

事情发展不出所料。豹子的脑袋已经是傲然挺立，原本瘪瘪的肩部和前爪眼看着鼓胀起来，接下来是肚子、臀部……一个个部位都变得立体，后腿也站直了，成了一头活生生的豹子。原先扁扁平平的一张皮，一眨眼工夫，已经是四足立地。

豹子跳下沙发，张开血盆大口……

"嗷——"

吓死人了。

## 魔豹的行踪

　　武夫君是少年侦探团的副团长，非常勇敢，见到眼前可怕的一幕，也没有逃跑，而是躲在房间一角的沙发后面，静观其变。只见豹子在房间中转悠了一阵，慢慢朝自己这边走来了，武夫君心想是不是被它发现了，心头一紧，缩起了身子。他藏身于沙发后的狭小空间里，这样豹子就没那么容易扑到他了。话说回来，这儿既然能容纳他的身子，恐怕豹子也能钻进来。

　　沙发后武夫君定睛凝视，豹子距离他越来越近，差不多只有两米。武夫君吓出了一身冷汗，面如土色，却仍然注视着豹子的脸，目光不离半寸。现在豹子近在咫尺，在武夫君看来，那金灿灿的硕大脑袋恰似电影的特写镜头，占据了视野的全部——闪烁着寒光的眼睛死死地盯住武夫君，血红的大嘴微微张开，露出森森的白牙。

一想到豹子随时会张嘴扑过来，武夫君吓得魂都飞了，全身直冒冷汗，心脏都快跳出嗓子眼了，喉咙口火烧火燎的发不出声。现在，两者相距仅有半米，能清楚地听到它的喉咙咕噜作响，豹子冷不丁咧开大嘴，吐出一条黑乎乎的舌头。武夫君觉得死到临头了，万念俱灰。

"嗷——"

豹子咆哮一声，震耳欲聋。武夫君闭上眼，等着被它吃掉。

然而，不可思议的事情发生了。左等右等，豹子没扑过来。武夫君觉得蹊跷，微微睁眼一瞧，见豹子已经走出三米开外，它忽然立起后腿挺直上半身，扑通扑通跳出门外——原来豹子没有发现武夫君藏在那里。它逼近武夫君，并非因为发现了猎物。

眼见豹子跳走，虽然手脚依然颤抖不停，但武夫君仍鼓起勇气，从藏身之处爬出来走到门边，朝走廊偷偷瞄了一眼。只见豹子仍旧是后腿立地，扑通扑通地跳过拐角。武夫君紧随其后，走到那个拐角瞧了一眼，豹子刚好消失在眼前另一个拐角。

武夫君紧随其后，可惜在靠近厨房的地方跟丢了。那里有助造老爷子的房间，两扇房门是合上的，豹子别无去处，必然是溜进房里了。武夫君蹑手蹑脚地靠近，将耳朵贴在房门上探听动静——房间里悄无声息，继续倾听片刻，还是没有任何动静，便从门缝窥视，无奈门缝太过细窄，什么也看不见。武夫君下定决心，轻轻地将门推开一厘米间隙——只见助造坐在榻榻米上抽烟。

老爷子气定神闲的样子，足以证明豹子不在房间里。武夫君便一把推开门，对助造说：

"助造爷爷，大事不好。刚刚黄金豹上这儿来了，你没看见吗？"

接下来，他把在客厅的遭遇向老爷子说了

一遍。

"嘀,毛皮活过来了呀。这家伙真吓人。不过俺没注意,上哪儿去了呀?你说它从走廊过来,除了俺这儿,没别的去处了。"

老爷子一脸讶异地望着武夫君,忽地微微一笑。这谜一般的笑容令武夫君觉得怪怪的,突然他想到——莫非,豹子脱了皮,摇身一变,成了老爷子?!

― 晚 上 十 点 ―

武夫君随后去了父亲的卧房,将事情的来龙去脉告知父亲。就在这时,卧房的电话响了起来。园田先生接起电话,听筒里传出一个陌生的声音,沙哑恐怖:

"你就是园田吧。我是黄金豹,你认识我的。哈哈哈……我是修炼千年的魔豹,会说人话。我说过要在两三天内取走你家的宝贝,今天虽然才第二天,我决定就在今天下手,你尽管加强戒备好了,我一定会得手的。时间定在晚上十点整,过了十点还是没得手,我就认输。不过,我可是从来没有失手过。就这样,告辞。"

没等园田先生说一句话,电话就挂断了。

"不好！赶紧把大家都叫来，那家伙说了，晚上十点来。"

武夫君随即东奔西走，给父亲传话。很快，园田先生的两个部下、两个寄宿学生、五名警员以及助造老爷子齐聚园田先生的卧房。先生将武夫君的遭遇和刚才黄金豹的威胁电话一五一十地告诉各位，然后说：

"其实，我瞒着各位把纯金豹子藏在地板下。现在看来，单凭我一个人的力量是保不住了，需要大家齐心协力共同保护。助造，你掀开榻榻米，揭开地板。"

园田先生一声令下，助造在学生的帮助下，掀开两块榻榻米，又揭开下面的地板。装有纯金豹子的盒子就埋在土中。

"助造，你挖一挖，看看那盒子还在不在。"

助造听命，从厨房取来铁锹挖起地来——盒子原封不动，没被偷走。带头的警员见状，对园田先生说：

"藏在地板下还是有风险的，谁都可以从院子里爬到这儿来。"

园田先生听了微微一笑，说：

"这一点你别担心。这座房子的地基是水泥的，院子的檐廊下面全用水泥封死了，只留了几个透气的方孔，方孔上还嵌了铁丝网，连老鼠也钻不进来。否则我怎么敢把宝贝埋在地底下呢。"

警员听了先生的解释，由衷佩服：

"原来是这样，那就好。不过有道是道高一尺魔高一丈，咱们还是小心点好。走，去看看水泥地基是不是完好无损。"

说着，他命令四位部下手持电筒，钻到地板下面去。四位警员随即脱掉帽子和上衣，点亮手电筒，钻进地板下面，片刻后返回，报告说四周的水泥没有异常。警员们随后围坐在四方形缺口四周，持枪严阵以待，地板下一旦有风吹草动，立刻开枪射击。

时间距离十点还有好几个小时，然而除了上厕所，没有人离开房间半步，晚饭也是让人送来，就地解决的。

从傍晚起，小林芳雄和武夫君也加入了守护宝贝的阵营当中。武夫君放学路上经过明智侦探事务所，叫上了小林。当时明智侦探也在，小林把武夫君告诉他的事情向侦探说了一遍，听取了侦探的意见。

"我没收到委托书，所以今天就不去了。你代我去，好好表现。"明智侦探微笑着说。

……一干人等目不转睛地看着地板下面，不知不觉间天已经全黑了，时间将近十点。

"还有十分钟。"

警长看了看时间。听了他的话，四位警员就不用说了，园田先生、他的部下、寄宿学生、小林芳雄、武夫君，在场的所有人都为之一震——只剩十分钟，那家伙究竟会以什么姿态现身呢？警员手中的五把手枪随时会开火。对手再神通广大，恐怕也不敢在这严密监视下现身吧。

"还有五分钟。"

警长的声音有些发颤。房间里聚了不少人,却是死一般的寂静,只听见座钟秒针"滴答滴答"的走时声。

"还有三分钟。"

"还有两分钟。"

"最后一分钟。"

所有人似乎都成了石像,僵住了。武夫君感觉心脏怦怦跳得厉害,他悄悄看了一眼周围的人,就连警察也是一脸苍白,拿枪的手微微颤抖。父亲的额头上冒了一层细密的汗珠。

"十点整!"

警长的声音响彻房间。什么也没发生。五位警员注视下的地板下面,没出现任何东西。

"哈哈哈哈……它再神通广大,也拿我们这么多人没办法,哈哈哈哈……园田先生,这下可以安心了。胜利属于我们。"

警长朗朗大笑,得意洋洋。然而就在这时,桌上的电话突然响起。园田先生和警长不禁面面相觑,有不好的预感。园田先生犹豫片刻,起身接了电话。

"我是园田,您是?"

"哼哼哼哼……你听不出来么?钟刚刚敲了十下。说好了十点打电话的。呵呵……想起来了吧?"

不用说,正是黄金豹。

"原来是你这个家伙。你不是没来么?纯金豹子还在这儿,这回你输了。"

园田先生正沾沾自喜,不料电话那头的人不怀好意地笑了起来:

"你说纯金豹子还在?在哪儿呢?"

园田先生觉得现在没必要隐瞒了,就说:

"在我卧房的地板下面,埋在泥里了。哈哈哈……都说你有能耐,这回也没想到吧。"

"哼哼哼……你太天真了。你以为我会不知道吗?你去打开盒子看看,把埋在土里的盒子挖出来,看看宝贝还在不。"

园田先生听了它的话，心里一下子没了底，急忙摁住电话的话筒，吩咐助造赶紧挖出盒子瞧一瞧，接着又把耳朵贴在了听筒上。

"看样子你那儿挺乱呀。开始挖盒子了？别急，慢慢来，我等着。"

黄金豹是气定神闲。助造爬下地板，用铁锹挖出了盒子，接着用铁锹撬开钉死的盒盖——

"啊！空的。盒子里什么也没有。"

大家围拢过来，齐齐注视助造挖出来的盒子。果然是空的。银笼子、纯金豹子，就连包裹它们的塑料布都不见了。

"呃呵呵呵……"电话那头传来瘆人的笑声，"怎么样，没吓着吧？箱子里有东西吗？哈哈哈……什么也没有了吧。你说我是输了还是赢了？我说过一定会得手的，没有食言吧。你的宝贝我会好好珍惜的。多谢咯！"

说到这里，对方突然挂了电话。在场者无不面如土色，大眼瞪小眼。那家伙当真会魔法么？究竟是在什么时候偷走宝贝的?

这时助造也爬上了榻榻米,刚要走出房间,被站在大家身后的小林叫住:

"老爷爷,您请留步。"

助造一惊,回过头来,瞪着小林芳雄。只见小林举起右手,直指老爷子的脸,同时回头对园田先生大声说道:

"叔叔,就是这家伙。是这家伙偷的!"

—小林立功—

大家听了小林的话，都吃了一惊。助造是园田先生雇来的守院人，而且，奉先生之命将宝贝盒子埋进地底的不是别人，正是助造。园田先生一脸不解，望着小林说：

"小林君，你的话我不太明白。宝贝是他偷的？怎么可能呢？埋盒子的时候，我就在边上看着，今天晚上，他也没迈进房间一步。我一直在这里，有什么风吹草动，不可能没察觉到。你这么说，有什么证据吗？"

"证据就是盒子空了。盒子空了就意味着有人偷走了宝贝，没有别的可能性。有机会下手的，只有助造。"小林振振有词。

"他什么时候下手的？怎么做到的？"

"就在今晚。黄金豹扬言要在今晚十点偷走宝贝，它并没有食言。"

"这么说来，黄金豹和助造有关系？"一旁的警长按捺不住开了腔。

"你说得对，有关系。说不定，正是老爷爷养了一头黄金豹供他使唤。"小林芳雄的话令人越来越摸不着头脑。在场者不再插嘴，倾听这位少年侦探的分析。

"大家还记得吧，有一次，黄金豹在银座的美术品商店现身，被大家追赶，逃进筑地的猫爷爷家中。眼前的这个助造和那个猫爷爷，他俩的关系也许非同一般。"

小林芳雄说着，直勾勾地盯着助造的脸。

"你说起猫爷爷，我们警方也在关注。不过，猫爷爷和助造之间到底有什么关系呢？"

警长认真地提问。他觉得小林说得在理，非常佩服。

"那就去猫爷爷家里搜一搜，说不定你们会发现，猫爷爷很久不在家了。"

"小事一桩。我这就去打电话给筑地的警署，请他们协助调查。"

警长说完，立刻拨打电话给筑地警署，说了一阵。这期间卧房里出了乱子——助造要逃！

"别让他跑了！他就是罪魁祸首！"

小林惊叫道。说时迟那时快，一直摩拳擦掌有劲没处使的警员猛地朝他扑过去，将其一把拖住。双拳难敌八只手，老爷子动作再敏捷，也拿警员们没办法。这时警长打完电话，对在场者说：

"果然有猫腻。筑地警署一直监视猫爷爷的动向，可是从六天前起，他一步也没有走进过家门。看家的老大娘负责照顾猫，她也说不知道猫爷爷的去向。"

这么说来，莫非是猫爷爷假扮成助造，住进园田先生家？

"园田先生，这个助造，您是几时雇来的？"警长问道。

"说起来正好是六天前。"园田先生面有难色。

"六天前才雇来的人,您为什么这么信任他?"警长想不通,质疑园田先生。

"事情是这样的。上一任看守院子的老爷子告老还乡了,临走前向我介绍了他的朋友,也就是助造。助造在我好朋友的家中工作了好长时间,那位朋友也向我推荐了助造,我就对他深信不疑了。"

"那么助造君来到府上之后,您的那位好朋友来过吗?和助造见过面吗?"

"那倒没有。我和朋友在外面见过面。雇了助造之后,他没来过我家。"

"这么说,您朋友所雇的助造和眼前这位或许不是同一个人。依我推测,这家伙打听到您朋友家有一个叫助造的,就假扮成他混进府上。"

"你说得有道理。别的不说,这家伙既然要逃,心中一定有鬼。可是我还是想不通,他是什么时候下手的?偷来的东西又藏在哪里呢?"

园田先生一脸迷惑，警长同样是丈二和尚摸不着头脑，只得请小林芳雄揭晓谜底。两个大人齐齐注视着小林。

"黄金豹没有食言，它就是在十点整偷走宝贝的。"小林很是淡然。

"在这众目睽睽之下？！"

"对。是园田先生您下令让他去偷的。"

"啊？怎么是我下的命令？"园田先生大感不解，反问小林。

"他偷走的宝贝，现在我就拿出来给您看。"

小林话音未落，猛地跳下地板，在泥土上摸索一阵。

"在这里！"他大叫一声，用双手刨起土来，挖出一个用塑料布裹得严严实实的四方物体。拆开之后，光芒璀璨的银笼子和金豹子呈现在大家面前。

"它怎么在这里……"园田先生不禁惊叹道。

"是助造玩的障眼法。刚刚您命令他挖出盒子，正中他的下怀，立刻取来铁锹爬了下去，埋头挖土，取出了盒子。当时助造用身体挡住了大家的视线，迅速地打开盒子，取出包裹，浅浅地埋在边上的泥土里，显然是打算事后来取。然后他把钉子按回去，拿上来揭开盖子给我们看，当然是空的。

"地板下面黑乎乎的，光线不好，助造又用身体挡住，所以没有人看见他耍花招。但是我没放过他的一举一动。您说我为什么留意他？因为只有我怀疑他。我为什么怀疑他？因为明智侦探点拨了我。他告诉我，十点过后肯定有人下去挖地，到时候一定要注意观察，第一个挖地的人最可疑。明智侦探果然神机妙算啊。"

小林芳雄夸赞起明智侦探的智慧，可就在这时……

# — 屋顶的怪兽 —

一声巨响,三位警员站起身,当中一个仰面倒下了。有一个东西像一阵妖风窜出房间——原来,趁大家的注意力都集中在地板下的小林芳雄身上,助造一把推倒警员,飞一般地逃跑了。

警员们吓得一愣,很快缓过神来,追了上去。小林芳雄也把宝贝交给园田先生,紧随警察身后。助造跑到院子里,偌大的院子里大树成林,漆黑一片,警察打开手电筒,小林一马当先,冲在前面。这老爷子的腿脚也太利索了,噔噔噔穿梭在大树之间。

在院子的一角有假山,助造跑了上去,躲在假山后面的树丛里。这片树丛枝繁叶茂,借助手电筒的光也难觅其踪影。警员无奈之下，只得兵分两路攻入树丛，试图包抄助造。可是这两队人马在树丛当中碰了头也没发现助造。想必对手虚晃一枪，从后面逃跑了。

小林掌握情况后，灵机一动，扭头跑进洋房，沿着走廊一直跑到助造的房间前。房门关着，小林把耳朵贴上去仔细听，里面有动静。十有八九是助造回过头来这里取什么要紧的东西，然后逃之夭夭。这么看来过不了多久，他就会破门而出了。小林打定主意，藏身于走廊的拐角处，静观其变。

片刻之后，果不其然，房门悄无声息地打开了，走出门来的是……

走廊昏暗的灯光下，一个金光闪闪的东西现了身。寒光闪烁的双眼、白森森的獠牙、强壮的前爪……这不是黄金豹么！藏身于助造房间的，竟然是怪兽黄金豹！

当下，它慢悠悠地朝小林走过来。尽管灯光昏暗，那一身金光依然刺眼。小林随机应变，拉开身旁储藏间的门，躲了进去，从门缝间偷偷观察怪兽。黄金豹很快就走过了这里。小林探出脑袋，见豹子往右拐去，便蹑手蹑脚地跟踪上去。

黄金豹又拐过一个弯，走上通往二楼的楼梯。这座洋房有内外两架楼梯，这边的是里面的楼梯。灯光照不到这里，台阶非常暗，不过豹子的一身金光是最好的向导，不用担心跟丢了。它跑上楼梯，在二楼的走廊上走了一段，又跑上了通往三楼的楼梯——这座洋房虽然是两层建筑，但在二楼的屋顶上扩建了一个三平方米左右的塔形小房间，用作瞭望台，所谓通往三楼的楼梯，其实是专供瞭望台使用的。

怪兽到底是怎么想的？进了瞭望台等于是进了死胡同，是插翅也难飞了。那它为什么还要跑去那里呢？瞭望台只有区区三平方米，小林如果爬上去，必定会被对手发现，便爬到中途停下，伺机行动，突然听到咣当一声——那是窗户打开的声音。

"糟糕！那家伙要逃到屋顶上去。"

小林急急忙忙地爬上楼梯，探出脑袋，环顾四周。房间中没有亮灯，黑魆魆的一片，但凭借月光，物体的轮廓隐约可见。如果那金光闪闪的黄金豹在这里，必定是一目了然——可是什么也没看见。窗户敞着，显然豹子已经逃出去了。

小林爬上瞭望台，匍匐至窗边。窗外有低矮的栏杆，栏杆下就是屋顶。屋顶铺着红瓦片，坡度很陡，在屋顶的中部，盘踞着一只金色的大动物——黄金豹！

小林犹豫片刻，下定决心，从口袋中取出"七件宝"之一的哨子，一口气吹得老响，目的是唤起警员的注意。黄金豹闻声一惊，回头看到小林，黑暗当中，它两眼放光。小林也不甘示弱，怒视着豹子的眼睛。少年对峙怪兽，空气就像凝固了似的。

可怕的黄金豹似乎随时会扑过去。小林芳雄会不会遇险呢？

— 金色的弧线 —

院子里的人听到小林的哨声,赶紧聚集到洋房下面。刚刚还躲在云后面的月亮如今露出了脸,明晃晃的月光映照下,屋顶瞭望台上小林芳雄的身影清晰可见。他用手指示意,告诉下面的人豹子就在屋顶上。下面的人也发现了浑身冒金光的豹子,两位年轻警员迅速冲进洋房,爬楼梯登上瞭望台,来到小林身边,小声说道:

"我们爬上屋顶去打死它。保险起见,你就留在这里。"

说完爬出栏杆,上了屋顶。屋顶的坡度很陡,警员只能匍匐前进,就像两条黑黑的壁虎,朝豹子一点一点地逼近。黄金豹双眼闪烁着幽幽的青光,死死盯住两人，忽然撒腿跑起来，跳跃腾挪，几下就翻过了房梁，逃到另一侧去了。瞧那矫捷的身手，就像是在嘲笑人类的无能。

警员赶紧追上去，好不容易爬上房梁，骑在上面，俯视另一侧的屋顶。这时，小林芳雄也出了瞭望台，顺着房梁爬到警员身边。这房梁有三十厘米宽，表面平整，爬起来并不困难。就这样，三人骑在房梁上观望，只见黄金豹哧溜哧溜地顺着屋顶往下滑，直到屋檐，紧接着弓起身子纵身一跃——空中顿时闪出一道金色的弧线。

"糟了！那家伙要跳楼逃跑。"一个警员嚷嚷起来，与此同时"乓"的一声炸响，他开了枪，紧接着另一个警员也开了枪，可惜都没有打中。这时豹子已经跳到下面的院墙上，一转眼，又跳到墙外，不见了踪影。它的动作太敏捷，连瞄准射击的机会都没有。

"跑墙外头去了！在这边！大家赶紧绕到这边来！"

警员将双手拢成喇叭状，大声呼唤楼下的人。楼下的院子里有三位警员、寄宿学生和园田先生的部下，听到屋顶上的指示，一窝蜂似的冲出后门，在豹子着陆地点附近搜寻，却不见那金色怪兽的身影。莫非它又使出了隐身术？可是并没有，过了一阵，黄金豹在一个意想不到的地方再次现身了。

距离园田先生宅子五六百米的地方，有一家规模很大的澡堂，立着一根高高的烟囱，眼下，那金色的怪兽正顺着烟囱的梯子往上爬呢。由于是深夜，没人注意到它。路灯一盏一盏地熄灭了，月光越发明亮，家家户户的屋顶仿佛披了一层细雪，晶莹洁白。就在白色屋顶的反衬下，黄金豹一步一步慢悠悠地爬上烟囱。

附近一户人家的一个女孩从二楼窗户探出头来。她半夜醒过来，月光很亮，便拉开窗帘，一眼就看到了洁白的月光下，一个金色的大动物正在攀爬澡堂的烟囱。这一幕太诡异，以至于女孩觉得自己在做梦。但这不是梦，自己的确是清醒的，金色的动物的确是在爬烟囱。女孩忽然想起了报纸上写黄金豹的文章。

"哎呀,难道那就是黄金豹?!"

女孩吓得脸色铁青,离开窗边,跑出房间,一溜烟下了楼梯,跑进起居室,她的父母还没就寝。

"不得了啦!"

女孩慌乱的脚步声令爸爸妈妈吃了一惊:

"怎么了?脸色不好看啊。"

"黄金豹来了!"

"黄金豹?!你说什么呐,做噩梦了吧。"

"才没有呢,它正在爬澡堂的烟囱呢。来看看嘛,从二楼窗户就能看见。"

女孩的父亲一脸狐疑,不情不愿地起身上了二楼,只望了一眼窗外,就"啊"地惊叫一声,愣住了——黄金豹差不多到了烟囱的顶部。金色的身躯上遍布黑色的斑点,是黄金豹没错。父亲飞奔下楼去报警。很快,几位警员赶到澡堂,与此同时,警方致电园田先生家中,还留在那里的五名警员和小林芳雄等人闻讯火速赶来。

61

## —空中杂技—

园田先生家的一帮人,附近警署出动的警力,两路人马齐聚澡堂后院,仰望烟囱顶。此外,黄金豹的出现也惊动了街坊邻居,人们纷纷上街看热闹。澡堂老板三助先生和附近的年轻人爬上澡堂的屋顶,嚷嚷个不停。

"咱们这回一定要打死它!"

那两个在园田先生屋顶上眼睁睁看着黄金豹溜掉的年轻警员发誓要一雪前耻。他们握着手枪,开始攀爬烟囱的梯子。下面的人见状,无不大声喝彩,给两个勇敢的警员加油鼓劲。

黄金豹蹲踞烟囱顶,俯视下方。警员顺着狭窄笔直的梯子往上爬,还有七八步就到顶了。两人眼中,怪兽的身影越来越大,恶狠狠地盯着他俩,仿佛随时可能发动袭击。而警员们也做好了准备,一旦怪兽进攻,他们马上开火。

就在这时,让人汗毛直竖的事情发生了。

那一团金色,冷不丁"啪"地从烟囱顶掉下去了。两位警员以为豹子扑过来了,迅速扣动扳机。可就在子弹出膛之前,那团金色就已经掠过了警察背后,直直下坠。估计是黄金豹感觉走投无路,情急之下便跳了烟囱。它再神通广大,从这么高的地方跳下去,非死即伤,凶多吉少。

见黄金豹跳了下来,地面上的人们吓得哇哇大叫,烟囱上的两位警员不禁往下看——围观群众小如蚂蚁,但没见到黄金豹落地,人们仍然抬头望着天。这是怎么回事?他俩看了看四周。

"瞧!在那里!"

黄金豹晃晃悠悠地飘在半空中,和烟囱、梯子都隔了一段距离。莫非它有空中悬浮的神功?可并不是,它吊着缆绳呢。长长的缆绳一端固定在烟囱顶部的铁架子上,另一端由怪兽抓着,哧溜溜往下滑。这缆绳是哪儿来的?豹子的爪子能抓住绳子吗?疑点重重。话说回来,毕竟黄金豹有千年的修行,抓绳子应该不在话下吧。

眼见缆绳就像打秋千一样晃动起来。豹子紧紧抓住缆绳,一前一后使着劲,就晃起来了。固定缆绳的铁架子在梯子的对面,警员们够不着,他们便开枪射击试图打断缆绳,无奈缆绳很细,又晃来晃去的,开了两三枪,都没命中。

过了一阵,缆绳的摆幅越来越大。可见豹子在一个劲地前后晃动。看缆绳前端,金色怪兽嗖地腾空而起,又猛地往下坠,荡向另一边。缆绳比游乐场的秋千长多了,晃动的幅度之大远非秋千可比。这一幕虽然惊心动魄,但的确很美。皎洁的月光下,离地三十米的空中,一个金光闪闪的东西忽左忽右,画出一道又一道金色的弧线,仿佛天地间有一座大钟,尽情甩动金色的钟摆。

怪兽似乎在一边晃一边寻找机会……终于,

它看准了时机,一把松开缆绳,甩了出去,就像一颗出膛的金色炮弹,飞得老远,在空中留下一道金灿灿的弧线。豹子瞄准的是大街旁一座三层楼房的房顶,那是一家杂货铺,屋顶是平坦的晾台。它稳稳地落在了房顶上,钻进楼梯口,消失不见了。

烟囱上的警员看得清清楚楚,这家杂货铺有一块很大的店招牌,写着"绿商会"几个字。

"那家伙跳到绿商会的楼顶上去了!街边的杂货铺子!它刚刚跑下楼去了。快把那家店包围起来!"烟囱上的警员扯着嗓子喊。

澡堂距离绿商会不过五十米远,一帮人一窝蜂似的拥向那里。就连街坊邻居都来凑热闹,一眨眼工夫,绿商会的四周被人围了个水泄不通,警员们扒拉开围观群众,手里端着枪,分两路闯进屋子的前后门,把这户人家的一二三层都搜了一个遍。绿商会的人听说豹子上了屋顶,觉也不睡了,都聚集到一楼,所以现在二楼和三楼是空的,任由警察搜查。

然而,警察扑了个空。他们搜查了壁橱、所有的箱柜,没落下一处,愣是一无所获。怪兽莫非又使出了脱身的魔法,像一股烟一样消失在了空气中?

## 怪兽与密室

警员们找不到黄金豹，无奈地撤走了，留下三位警员继续蹲守绿商会。这起事件已经通知了全东京的警察，展开全城通缉，结果证明是白费劲。

小林芳雄也悻悻地离开现场。夜已经深了，回侦探事务所不方便，干脆留宿园田先生家。由于家中还住了其他人，房间不够用，小林只得睡在园田先生书房的沙发上。

他和其他人一道吃了夜宵后进了书房，脱下外套，躺好了盖上毯子。月光皎洁，窗户装了铁栅栏，影子落在窗帘上，形成黑色的条纹。刚才的行动可累坏了小林，身子刚沾软乎乎的沙发，就打起呼噜来。

大约睡了两个小时,小林听到有奇怪的动静,一下子醒了过来。月亮想必是躲进了云层,房间里漆黑一团。

"有脚步声,该不会是小偷吧?"小林心想,这时房间的角落又有一阵响动,"果然有人。我来个突然亮灯,给他曝曝光。"

于是他悄悄爬下沙发,蹑手蹑脚地摸黑走到有电灯开关的墙边,猛地按下开关。一瞬间,灯光充满了房间,好刺眼。小林瞪大眼睛环顾四周——那不是黄金豹吗!

那家伙就坐在房间正中央书桌的对面,两眼瞪着小林。面对这突如其来的离奇一幕,小林呆若木鸡,连话也说不出来。

"呃哼哼哼……小林芳雄,好你个小兔崽子,害得老子好惨,你给我记住,我一定会以牙还牙的。"

黄金豹盘着前爪,把脑袋搁在上面,眼冒寒光,说着人话。见小林沉默不语,它继续说道:

"不过，我已经对这家的宝贝失去了兴趣。我的处事方式就是一旦失手，果断放弃。接下来，我要干一票更大的，好好让你吃一次苦头。我是专程回来跟你说这些的，你好自为之！"

就在怪兽说话的当儿，小林一点一点地往后退，动作小得难以察觉，当退到门口时，忽然一个转身拉开门冲到外面，又迅速合上门，紧紧握住门把手以防怪兽打开。书房的窗户是安装了铁栅栏的，进出只能走这个门，也就是说，小林现在成功困住了怪兽。他大声呼喊。当晚留宿园田先生家中的，除了两个寄宿学生，还有两个会柔道的园田先生的部下，他们听见小林的呼叫，火速赶到现场。

"深更半夜的，怎么了？"时间是深夜三点。

"房间里，有黄金豹……"

"啊？你说什么？黄金豹不是刚从家里跑掉吗？你该不会是睡迷糊了吧。"

谁都没想到，被那么多人穷追的黄金豹竟然会回来。

"我清醒得很。它就在房里,刚刚还说人话了。"

小林将刚才的所见一五一十说明,一人说:"我这就去拿枪,你可要守住房门。"说完跑去取来手枪,说:"你把门开一条缝,我干掉他。"

于是小林转动门把手,悄悄地把门打开五厘米,那人把脑袋探过去瞧了瞧,回头望着小林,一脸纳闷的神色:

"没你说的东西啊。在哪儿呀?"

"你看书桌那儿,它就像个人似的坐在书桌对面。"

"书桌那儿没东西呀。你瞧。"

小林过去瞧了一眼,果然没见着豹子的身影。可是它无路可逃呀,窗户安了铁栅栏,门只有这一扇,而且小林没有离开房门一步。怪兽一定还在房间里。

"肯定藏在什么地方了,千万要小心。"

"我去看看。"

那人很勇敢，举着手枪走进房间，将书桌下面、书架角落等搜了一个遍，结果一无所获。

"什么也没有嘛，你十有八九是做梦了。"

"怎么可能是做梦，我的的确确看到它了，还听它说人话了。"

小林也进了房间，仔仔细细地搜查，结果什么也没有，太不可思议了，愣了好一阵。窗户的铁栅栏没有任何异常，黄金豹的确没有从窗户或者门逃出去，而且这间房没有暗门密道，豹子却凭空消失了。

莫非这头修行千年的豹子又使出了魔法？但是我们的故事不是鬼故事。魔术再离奇，也是有真相的。大侦探就有揭露真相的本领。

那么黄金豹究竟是如何从密室消失的呢？小林芳雄想不通，看来只有仰仗明智侦探的智慧了。那么各位读者，您明白其中奥妙吗？谜底将在后面揭开，在此之前还请您自行思考黄金豹消失的真相。

# —列车劫案—

三个星期后——

宝玉堂是日本的一家一流珠宝商,在东京和大阪都有店铺。有一回,要将二十三颗钻石从大阪送到东京,必须做到万无一失,切不可遗失或被盗。为此,大阪店的野村副经理决定亲自护送钻石进京,却由于种种原因没赶上飞机,但时间不等人,万不得已,野村选择了通宵行驶的特快列车。

原先他打算乘坐一等卧铺,这样比较安全,后来转念一想,一等卧铺太高调,反而危险,转而选择了二等卧铺。且不说钻石已经上了保险,藏匿钻石的地方他也做了周全的安排,还带上一个年轻力壮的员工荒井君充当保镖。野村特地选了上铺,把下铺让给荒井。他这么安排,是考虑到假如坏人爬梯子上来,下铺的荒井马上就能察觉,比较保险。

深夜,列车行驶在关之原一带,上铺的野村怀揣装满钻石的圆皮包,迷迷糊糊地打盹,这时合得严严实实的床帘动了一下,缝隙间,冒出来一个闪闪发光的东西。野村听到有响动,猛地睁开眼,环顾狭小的卧铺空间,一眼就看到了床帘缝隙间的那点光亮。这东西发出金光,不知为何物,仔细观察,发现它有利爪,是猛兽的爪子——这个发现令野村吓得不轻,不禁蜷缩起身子,屏息静气地注视着那里。只见床帘掀开了一个口子,一对小小的圆圆的东西青光闪闪。这无疑是一对眼睛,猛兽的眼睛。猛兽一下子冲到野村身边,这下子,它的整张脸都露出来了。

这张脸闪着金光,上面有黑色的斑点,只见它咧开血盆大口,露出白森森的獠牙。

"哎呀!黄金豹!"

野村很快反应过来,吓得差点晕过去。没想到它竟然会出现在火车上，简直就是一场噩梦。莫非真的是梦？不，不是梦。自己是清醒的。谁也不知道长相如此张扬的怪兽是怎么上火车的，不管怎么说，它的确是黄金豹无疑。野村心想黄金豹会不会一口咬死他，吓得魂儿都飞了，又想到价值连城的钻石怕是要落入贼手，焦虑万分。他躺着，一点一点地往里缩，死死地抱住装钻石的皮包，这时怪兽把它金色的前爪伸过来了，目标显然是那个皮包。卧铺就那么点空间，野村无处可逃。

  金色的前爪力气很大，一把抓住野村怀里的皮包，并用另一只爪子打开它（就像人的手一样），拖到近前看了一阵，突然笑了起来，说起了人话：

  "哼哼哼……全是假货。我可不会上你的当。快，交出真东西来！"

  怪兽竟然说起人话，野村更是惊得哑口无言。它说得没错，皮包里的的确是假货，真正的钻石藏在小铁盒里，用细长的布带固定在腰间。被怪兽这么一威胁，野村不由自主地用手捂住了肚子。

"嘿嘿，我明白了。难道在肚子上？"

黄金豹说着，一把扯烂了野村睡衣的前襟，另一只爪子伸了进去，使出蛮力，硬是揪出了缠腰带，取出当中的小铁盒，打开盖子，仔细查点一番，又合上盖子，塞进装着假钻石的皮包中，大嘴叼上皮包的肩带，走了。

直到这时，野村才大声呼喊起来。别的乘客纷纷惊醒，拉开床帘看个究竟，只见车厢当中的过道上有一头金色的豹子，嘴里衔着皮包，慢悠悠地迈着步子。整节卧铺车厢顿时炸开了锅，尖叫声此起彼伏。

睡在下铺的荒井这时才爬出卧铺，瞧了瞧上铺的野村，一切都晚了。其实荒井知道黄金豹来了。当时他看见自己的床帘上映着一个奇怪的黑影，从缝隙往外瞧，黄金豹的身影赫然入目。这个不速之客两腿直立，就站在自己眼前，荒井顿时吓破了胆，缩成一团不敢动弹。面对猛兽，你就是身再强力再壮，也奈何它不得。

— 捕猎行动 —

卧铺车厢入口附近的吸烟室里,乘务员正在打盹,被叫喊声惊醒,起身打开车厢之间的门,正要迈开步子走进去——只见眼前三米开外的地方,黄金豹朝自己慢悠悠地走过来,青光莹莹的双眼恶狠狠地盯着自己,乘务员吓得"哇"地一声大叫,转身就跑,闯进相邻的二等车,牢牢关上门。

二等车是硬座车厢,乘客们坐着打瞌睡,个别乘客在聊天,见乘务员面如土色惊慌失措,不禁吃了一惊。

"各位乘客,大事不好。卧铺车厢出现了金色的豹子,朝这边过来了。请大家注意安全。"

乘务员的大声呼喊惊醒了睡着的人们,大家纷纷起身，乱作一团。问题在于刚才乘务员关上的那扇门。门是关上了，但并没有上锁，豹子一旦打开门，或者打碎门上的玻璃进来，那就完蛋了。乘客们的视线不约而同地集中在那扇门上。

豹子似乎就在门那头，蹲着观察这边的动静。没过多久，门的把手动了起来——有人正在转动门把手！难道豹子还具备转动门把手的智力？普通的豹子当然做不到，然而黄金豹不一样，从它刚才盗取钻石的手法可以看出，它的智力和人类不相上下。转动门把手对它而言真是小菜一碟。

黄金豹捣鼓了一阵，搭扣松动了，车厢门悄无声息地打开十厘米，人们看到一只金黄色的前爪正在推门。一会儿，门全部开了，黄金豹的身姿一览无余，众人吓得哇哇惨叫，争先恐后地朝反方向跑去，齐齐拥到另一侧车厢门附近。人推人，人挤人，人压人，人踩人，女人尖叫，孩子大哭，场面一片混乱。而黄金豹却没有扑过来的意思，它嘴里衔着皮包，不紧不慢地走着，仿佛在嘲笑乱作一团的乘客们。

这节二等车厢前面的一节车厢里，乘客们得知黄金豹来袭，纷纷起身朝反方向跑去……就这样，混乱很快传遍了所有的车厢。幸好乘客中有两名警员，得知此事后立刻与列车长取得联系，计划击毙怪兽，紧接着持枪赶到黄金豹所在的车厢，不料没见着，问乘客怪兽的去向，他们说自己光顾着逃命了，没有注意。

正在警员们东找西寻的当儿，只听列车长惊叫一声：

"呀！你们瞧，这儿破了个洞，它从这儿溜了。"

果然，两节车厢连接处的黑色风挡破了一个大口子。然而，此时列车在高速行驶，黄金豹再神通广大，跳下去非死即伤。它真的跳车逃跑了吗？列车长从破口探出上半身左顾右盼，当他往上看的时候，又发出一声惊叫。

这里是车厢的连接处，外面有一架通往车厢顶部的梯子。就在梯子上方，垂下一根金色的"棍子"，在黑暗中熠熠生辉。这根"棍子"上有黑色的斑点，而且扭来扭去，就像是活的——这无疑是豹子的尾巴。

"它在这里！逃到车顶啦！"列车长大声嚷嚷道。

"在哪儿？我瞧瞧。"一位警员和列车长互换位置，从破口探出上半身抬头仰望，豹子的尾巴已经不见了，可见已经走开了。

这位警员非常勇敢，他从破口钻出去，紧紧抓住梯子，爬上了车顶。全速行驶的列车随时可能把他甩下去，而且外面一片漆黑，什么也看不见。他趴在车顶定睛观察片刻——看到了！黑暗当中，黄金豹闪耀着金光，走到车厢的另一头，随后跳到另一节车厢上。

警员见状，用最快速度爬到车厢边缘，端起手枪瞄准目标。乓！手枪开火了。枪声被火车隆隆的行驶声所掩盖，几乎听不见。子弹命中目标了吗？黄金豹被击毙了吗？哪有这么容易。黄金豹可是魔豹，不是一两发子弹就能搞定的。

# —怪老头—

警员与黄金豹在车顶周旋的同时,列车长与另一位警员商量之后,命令火车司机紧急停车。要击毙黄金豹,只有这个办法了。

刚才被黄金豹吓得魂飞魄散的乘客们突然感到一股强烈的冲击,好多人没站稳,摔了个人仰马翻。原来是火车急刹车了。等火车停稳,乘客们聚集在车窗边望着外面,黄金豹上了车顶的消息已经传开,现在大伙儿都知道了。

窗外是一望无际的田野,月光被一层薄薄的云所遮挡,天地间万物微微泛白。

"各位乘客,现在我们要打开车门,请不要下车,以免出现意外。"车上的广播响了。

老实人、老人和女人谨守纪律,畏畏缩缩,而那些唯恐天下不乱的年轻男子早就等不及了,车门一打开就闯了出去,在铁轨两旁的坡地上嬉闹。警员和列车长劝他们回车厢,可是没人听从,跑出车外的人反倒越来越多了。

地面上的警员抬头呼唤车顶上的同事。话音刚落,车厢中段的车顶上冒出一个脑袋来,朝下面喊话:

"豹子下去了,车顶上什么也没有,大家可要小心啊。"

这可了不得。那些瞎晃悠的乘客吓得大叫,争先恐后地挤上车去。且说这期间没有人看见黄金豹的身影。留在车上的乘客一直留心窗外的动静,肯定是全方位无死角,豹子不可能逃过这么多双眼睛的。车顶的警员也是眼观六路耳听八方,那金色的家伙只要逃跑,他肯定能看见。

奇怪,黄金豹上哪儿去了?

"该不会回车上去了吧?"有人说了这么一句。

一石激起千层浪，乘客们立刻又是乱成一团。是逃到车外边好呢，还是留在车上好？大伙儿都没了主意。车顶上的警员下来，和另一位警员一道调查列车，可惜一无所获。说不定藏在车轮间呢？他们便下了车，利用火车司机的手提电筒查看列车的底盘，还是没有任何发现。警员悻悻地回到车上，这时乘客中走出一位老人，六十来岁，一身黑西装，白须及胸。

"老大爷，请您回自己的座位，这里很危险。"

听了警员的劝阻，老爷子微微一笑，说：

"咳，没事儿。别看我年纪大，不比年轻人差劲。对了，那只怪物怎么样了？知道它上哪儿去了吗？"

"不知道。哪儿都没有，好像蒸发了一样。"

"哼哼，那家伙又使魔法了。一到紧要关头，它就会像忍者一样忽然隐身。你们可不能掉以轻心哦，那家伙不好对付，它能变化成任何东西。眼下或许变成了你们想象不到的东西，不慌不忙地避风头呢。等过了这阵,它又会兴风作浪,搞出些花样来。"老爷子说完,又不怀好意地笑了起来。

且说总不能让火车一直停着。列车长和司机商量之后,决定让乘客全员返回车厢,然后继续行驶。警员们向遭窃的野村先生详细了解了情况,各就各位的乘客们再也睡不着了,个个如惊弓之鸟,担惊受怕直到天亮。不少人经受不住,半道就下了车。他们说:

"这哪里是坐火车,这不是玩命嘛。"

刚才那个白胡子老头上哪儿去了?没见他下车,或许还在车上吧。不觉得他很可疑吗?刚才他为什么要说那番话呢?"等过了这阵,它又会兴风作浪,搞出些花样来。"他是怎么知道的?黄金豹当真会兴风作浪吗?

## —隐身术—

列车在次日清晨平安抵达东京站，黄金豹没有出现。

时间尚早，月台上人影稀疏。列车停稳后，乘客们下了车，长出一口气：

"哎哟哟，太好了。总算是平安到达。"

人们匆匆忙忙地从地下通道走到检票口，出站了。站台上刚才还全是人，现在空荡荡的，连个人影也没有。这时，有一个金光闪闪的东西从列车中部跳到月台上——是黄金豹！那家伙朝通往地下通道的台阶走去。嘴里衔的皮包已经不见了，它张开血红的大嘴，伸出长长的舌头舔了舔鼻子，优哉游哉。

说来也怪，虽说是大清早，月台上也不至于像现在这样，空无一人。更奇怪的是，一头豹子走在东京站的月台上，而且是一头浑身冒金光的怪兽。眼前的这一幕，仿佛是噩梦中的场面。黄金豹和下车的乘客一样，正要走下通往地下通道的台阶，就在这时，列车尾部走出一位身穿制服的人，原来是列车长。他走了一阵，不经意朝地下通道的入口处瞥了一眼，猛地打了一个哆嗦，站住不走了——这不是黄金豹嘛！

"豹子！豹子来了！大家小心啊！豹子下台阶了！"

列车长心想台阶上或许还有个别走得慢的乘客，必须提醒他们。果不其然，当时台阶上有两位结伴同行的大婶，提着好大的行李，正艰难地往下走。听到列车长的喊声，她俩一回头，金灿灿的怪兽赫然入目。

"妈呀——"两人齐声惨叫，一屁股坐在地上，动弹不得。

黄金豹一步一步地逼近她俩，距离不到一米。

只见它全身金光耀眼，青光莹莹的眼睛仿佛燃烧着鬼火，两位大婶吓得几乎昏过去。豹子把鼻子凑到她们身上，闻了闻气味，倒是没有要吃掉她俩的意思，径自走下台阶。台阶下方是一条宽阔的地下通道，人来人往，金色的怪兽突然现身，令行人无不高声惊叫，东逃西窜，偌大的空间里转眼间就没了人影。黄金豹依旧是不紧不慢地走着。

且说那位列车长，他从另一条楼梯跑到车站办公室，告知工作人员黄金豹现身东京站，同时给附近的警署打电话。警车很快赶到，几位持枪的警员冲了进来，向工作人员打听清楚怪兽的去向，便飞奔过去，途经厕所时，见到一位面色如土的车站员工。

"它……它在里头！豹子进厕所了。"他的声音直打战。

"在里头对吧？"一位警员拿着枪打开门，往里瞧了一眼，"在哪儿呀？没有啊。"

"不会吧。它刚进去的。"

厕所有拐角，从门这里看不到室内全景，警员们便冲了进去。就在这时，拐角处忽然闪出一个东西来，吓得警员们汗毛直竖——原来是一个人，身穿黑西服的白胡子老头，提着一大包行李，看样子是赶火车的。

"你看见豹子进来了吗？"

"什么？豹子？豹子怎么会来这儿呢？没看见。"

老爷子一脸茫然，径直走出厕所。警员们把厕所搜了一个遍，没发现豹子。窗户紧闭，出入口只有一个，豹子理应无处可逃。是车站员工看走眼了？莫非它又使出了隐身术？不得而知。

# —小卖部的怪物—

　　三十分钟后,随后赶来的大批警员和车站员工齐心协力,搜遍车站的每一个角落,没有任何发现。这期间,乘客们都被堵在检票口外面不让进来,可是东京站时时刻刻有列车或到达或出发,总不能让乘客们一直等下去吧,搜查人员确认黄金豹不在站内,便立刻予以放行。

　　时间还没到六点,车站内人不算多,不少小卖部还没有开业。一位早早来赶车上班的年轻女职员走过一长溜小卖部跟前,见报刊铺子已经开门,有意购买一本女性杂志,便停下了脚步。店员不在,女职员心想大概是蹲在柜台后面吧,便探过身去看。果不其然,有人蹲在那,于是打了声招呼:

"给我一本这种杂志。"

话音未落,柜台后忽地冒出一个脑袋来。女职员只看了一眼,尖叫一声,软软地瘫倒在地,昏死过去。怎么回事?因为她看到的不是一张人脸,而是金色的猛兽!黄金豹竟然神不知鬼不觉地藏在了这里。

对面走来的人见女职员躺在地上,急忙跑过来要扶起她,不经意朝报刊铺子瞥了一眼,可怕的黄金豹赫然入目,这人吓了一大跳,撒腿就跑,边跑边大声嚷嚷:

"不……不得了啦!那……那里有豹子!"

他动静太大,惹得人们纷纷围观。

"怎么了?慢慢说。"

"豹子,还是金色的。就在那儿,报刊铺子。"

众人听了,脸色顿时变了,转身就跑,通报车站员工。车站员工也吓破了胆,不敢靠近。不幸中的万幸,刚才来车站搜查的警员还没有全部撤走,几位警员闻讯火速赶来。

"它在哪儿？哪家店？"

"就是那家报刊铺子。"那人指着不远处，摆出随时准备逃跑的姿势。

"哪里逃！"五六名持枪警员随即闯了进去。一人扶起晕倒在店前的女职员，把她带到安全地带。

万万没想到，柜台后面什么也没有。怪兽又一次消失了。

"你们看，那儿有人！快来帮一把。"

一位警员喊道。循声望去，柜台后面黑乎乎的角落里躺着一个年轻女子，双手反绑在身后，还被蒙住了眼堵住了嘴。警员们赶紧给她松了绑询问情况，原来她是这里的营业员，刚开店门，就被人从身后突袭，歹徒反剪了她的双手，用绳子捆了个结实。

"谁下手的？看清脸了吗？"

"太突然了。我什么也没看见。"

女店员一无所知。袭击她的歹徒会是黄金豹吗？那家伙是怪兽，捆人堵嘴之类的勾当应该不在话下。此后，警员们又对这一带进行了搜查，还是竹篮打水一场空，黄金豹不在这里。他们撤回那家报刊铺子，正商量着，一个老头摇摇晃晃地走过来。又是那个黑西装白胡子的老头。他走到警员跟前，不怀好意地笑着说：

"又让它跑了呀。也难怪，那家伙会隐身术，一转眼就不见了。你们警察是拿它没办法的。不过，好戏还在后头呢。瞧好了，它会玩一票大的，吓你们一大跳。"

## —明智侦探事务所—

一年多前,大侦探明智小五郎的事务所搬到了千代田区一所新建的高级公寓"麴町公寓"。这里比原先的公寓气派多了,明智侦探租借的是公寓二楼的一个大套房,有宽敞的会客室、餐厅、书房、浴室和厨房,总共五个房间,用来办公和居住。入口处有一块金色的小招牌,上有"明智侦探事务所"几个字。

明智侦探的太太久病不愈,一直在高原的疗养院休养,所以事务所里眼下只有侦探和助手小林芳雄两个人。两人亲密无间,形同父子。他们没有雇女佣,饭食是请附近餐馆送的外卖,烤制面包和冲咖啡等家务由小林芳雄负责,他出任务时,明智侦探便亲自动手。

"黄金豹惊现列车"一事过去十天后,那天下午,小林芳雄和明智侦探坐在沿街的落地窗边聊着天。小林开了腔:

"侦探,那起事件之后,黄金豹就没再露面了。是不是藏起来了?听说有个老爷子说黄金豹会玩一票大的,您怎么看?那个老爷子到底是什么人?"

"那家伙和黄金豹是一体的。你还记得猫爷爷吗?当初黄金豹跳进一户人家之后就消失了,出来个猫爷爷,养了十六只猫。这个猫爷爷,和东京站出现的老头估计是同一个人。还有园田先生家的那个助造,想必也是猫爷爷的化身。只要抓到他,就能解开黄金豹之谜。我跟警视厅的中村组长聊了聊,他们正在尽全力搜寻这个猫爷爷。"

"还没找到吧?"

"嗯。毕竟他会魔法嘛。要抓他,咱们也得使出魔法才行。"

"您说魔法?"

"嗯，魔法。我也在考虑怎么使用魔法。这玩意儿我也会用。"

明智侦探说完微微一笑。小林芳雄苹果一般红扑扑的脸蛋更加红了，两眼放光，满怀崇敬地望着侦探：

"您肯定能抓住那家伙吧。"

"嗯，我觉得没问题。小林君，你瞧好了，它会自己送上门来的，我正等着呢。"

侦探说着，把胳膊支在窗棂上，俯视公寓前的大街，忽然，他像发现了什么似的，脸上浮现出神秘的笑容。

"刚刚有辆车停在公寓前。你瞧，有个体面的绅士出来了，东张西望，很不安的样子，我推测是担心有人跟踪他。呀，他进公寓了，肯定是来找我们的。"

明智侦探猜得很准。没过多久，响起了敲门声。

"请进。"

果然是刚才那位绅士。他说：

"明智侦探在吗？"

"我就是，您请坐。"

侦探请来客坐沙发。绅士脱下帽子放在桌子上落座，眼睛直勾勾地盯着侦探打量好一阵，长出了一口气：

"没错，您就是明智侦探，久仰久仰。您经常上报纸。那么这位，应该就是您的得力助手小林芳雄吧？"

"您好眼力。这里没有外人，您就打开天窗说亮话吧。"

"是这样。我遭到坏人威胁了，那家伙很可怕，天晓得他的魔爪伸到哪里去了，就连明智侦探您，也有可能是他假扮的。我得仔细瞧瞧您，否则不放心呐。"

"松枝先生，您一定喜欢珠宝和高尔夫吧。"

侦探突然间报出了来客的姓氏，令他吃惊不小，两眼瞪得溜圆，说：

"您是怎么知道我姓松枝的呢?这是我们第一次见面吧。"

"哈哈哈……您要是想隐姓埋名,就再也别把帽子底朝天地放在人眼前。您看,帽子里面不是烫了几个您姓氏的金字吗?"

"原来是这样。吓了我一跳。那么珠宝和高尔夫您是怎么知道的?"

"您戒指上的蛋白石,质地非常好,再看您领带上的珍珠,也是极品,可见您的眼光很高,足以说明您是珠宝爱好者。再说高尔夫,您是上流社会的绅士,皮肤却晒得黝黑,要说您爱好登山、徒步,身材又不苗条,而且现在也不是晒日光浴的季节。再考虑到您的年纪,我想您一定是沉迷于最近流行的高尔夫了。猜对了吗?"

"对了!全对了!您一眼就看出这么多门道,大侦探名不虚传呐。佩服,佩服!无事不登三宝殿,我今天就是为珠宝来的。"

绅士说着,身子往前探了探。

— 绝世珍宝 —

"我是昭和信用社的总经理。我最珍惜的是自己的性命,第二珍惜的,是我收藏的一颗钻石。眼下有人要偷我的钻石。"松枝先生压低音量,像是在说一个天大的秘密。

"您是怎么知道有人要偷钻石的呢?"

"那家伙给我打电话了。"

"那家伙?谁呀?"

这时松枝先生把身子又往前探了探,声音更小了:

"黄金豹。它今天中午打电话来,说是两天时间内要取走我收藏的印度钻石。"

听到"黄金豹"三个字,明智侦探和小林芳雄面面相觑——真是说曹操曹操就到！侦探刚说了黄金豹会送上门来，没想到这么快就应验了。

"您报警了吗？"明智侦探问道。

松枝先生摇了摇头："还没有报警。我接到恐吓电话后，第一个想到的就是您。我和园田先生是朋友，他说上回多亏了小林君，纯金豹子摆件才没被偷走。给小林君出主意的当然就是大侦探您了。所以我想，能够阻止黄金豹的，除了您没有别人了。"

"我明白了。在下不才，愿意效劳。对了，您说的印度钻石，现在在什么地方？"

"实话告诉您吧，我随身带着呢。"

松枝先生说着，看了一眼四周，从西服内侧的口袋里掏出一个皮质的珠宝盒，啪地打开盖子——好一颗巨大无比的蓝钻石！熠熠生辉，令人叹为观止。

"这是颗十克拉的蓝钻，大有来头。第二次世界大战后，我从一个外国人手里得到了它。原本是镶嵌在印度内地一家寺庙佛像额头上的宝贝，在一个世纪前流落到英国人手中，后来几经辗转，就到了我的手里。

"我痴迷珠宝，为了买下它我几乎倾家荡产，一旦被人偷走，那我也不活了。明智侦探，我希望您能替我保管它。或许黄金豹会找您麻烦，可您是堂堂大侦探呀……"

听到这里，明智侦探微微一笑，说：

"承蒙您的信任，那我就替您保管吧。其实我正等着黄金豹上门找我呢，我绝对不会让它得手的。我的书房里有一个特别的保险箱，这个保险箱可不一般，有各种机关暗器，用它保管钻石，您就放一百个心吧。事不宜迟，不如现在就行动起来。这边请。"明智侦探说着站起身，领着松枝先生前往书房，小林走在后面。

书房四面墙的书架上满是藏书，蔚为壮观。只见在一侧的墙角，摆着一只硕大的保险箱，大得能装进一个人。

"我不是有钱人,所以这个保险箱不是用来装钱的。里头放的,都是保密的案件资料,绝对不能被人偷了去。"

明智侦探说着打开保险箱,只见好几排桐木抽屉,侦探打开其中一个,放进松枝先生的宝石,再关上保险箱。

"放好了。我刚刚也说了,这个保险箱有神秘的机关暗器,再厉害的盗贼,也偷不走里面的东西。您尽管宽心。"

之后松枝先生又和侦探谈了一会儿,再三嘱咐侦探务必保护好宝石,便打道回府了。明智侦探从客厅的窗户望出去,目送松枝先生的车远去后,悄声对身旁的小林说:

"你看街对面那个人,很可疑吧,一直在那儿走来走去,十有八九是猫爷爷的同伙,或者就是他本人假扮的。总之今天晚上黄金豹肯定会来撬保险箱,正中我的下怀。"明智侦探微笑着说。

## —保险箱的秘密—

明智侦探随后打电话叫来两个手下，一番精心安排之后，静待夜晚来临。

这一带比较偏僻，过了九点，街上已经是人影稀疏。这时，明智侦探和小林芳雄一道藏身在街对面的一辆小汽车中，监视侦探事务所里的动静。他们没开大灯和车内照明，整辆车里外都是黑的，让人觉得这是一辆空车。

"侦探，我们这是在等什么呀？"小林心里纳闷。

"你瞧好，马上有好戏看了。那家伙肯定会来的。它等不及了，今天晚上就会来的。我把客厅的窗户开了一条缝，给它行个方便。"

明智侦探悄声说。两人蹲在座位前,脑袋低低埋在车窗下。

"可是万一黄金豹进了书房打开保险箱……松枝先生的钻石还能保住吗?"

小林似乎对侦探设的局一无所知,担心得不得了。

"能保住。那个保险箱有机关呢。"

说完这句,两人便沉默了。时间静静流淌,十点早就过了,大街上偶尔有车辆驶过,行人已经绝了踪迹。大街两旁建筑物的灯火一个接一个地熄灭,整片街区暗了下来。路灯那孱弱无力的光照着四层公寓的正面。

就在这时,公寓的屋顶上有了动静。

"你瞧屋顶上,它终于来了,我们没白等。"侦探开了腔。

小林循声望去,果不其然。他惊叹道:

"哎呀,闪闪发光呢。是黄金豹没错吧。"

"是它没错。瞧那蹲在屋檐上的身形,清清楚楚的。"

"还真是。对了，它爬屋顶上干吗？"

"因为房门上了锁嘛，它就打起窗户的主意了。你瞧好，很快它就会放下绳子来，顺着绳子爬进窗户的。"

不出所料。屋顶上果然垂下一根长长的细绳子，一直垂到地面，中间有一截正好经过侦探事务所的客厅窗户。要潜入二楼的窗户，只有两种办法。一是架梯子，从地面往上爬，二是从屋顶放绳子，往下爬。前一种办法更容易被人发现（路边架梯子，太显眼了），还是用绳子从上往下爬比较保险。想必是黄金豹先潜入隔壁的楼房，从那幢楼的屋顶跳到公寓的屋顶。黄金豹是怪兽，飞檐走壁自然是小菜一碟。

这不，金色的怪兽顺着绳子下来了。前段时间它在澡堂烟囱上表演了"荡秋千"，这回它再次证明了自己的爪子能够抓住绳子——金色的豹子沿着雪白的墙壁哧溜哧溜往下滑，这神奇的一幕，被藏身车内的师徒二人看在眼里。

只见黄金豹落到二楼窗户的位置,打开窗,钻了进去,不见了。

"好戏马上开始。你仔细看好了。"明智侦探一副乐不可支的样子。

进入室内的黄金豹在黑暗中摸索,进了书房。毕竟它是怪兽,当然知道钻石就藏在书房的保险箱中。它走到大保险箱前,像人一样用双腿站立,转动密码盘——连密码它都知道!天晓得它哪儿得来的信息。

保险箱的两扇门悄无声息地打开了——

这是怎么回事?!保险箱里的桐木抽屉都不见了,取而代之的是一只双腿直立的豹子!保险箱当中藏着一只跟黄金豹一模一样的豹子!

"嗷——"两只豹子同时怒吼了。

## 怪兽对奇兽

一场恶斗就此上演。两只一模一样的金色豹子扭打在一起,在地上滚来又滚去,发出猛烈的嘶吼声。真可谓是怪兽对奇兽,针尖对麦芒。

明智侦探和小林芳雄藏在公寓前的汽车中,房间里没有人。这儿虽说是公寓,那也是高档公寓,侦探事务所足足有五间房,里头的动静不会惊扰到邻居。两头怪兽打得不可开交,你上我下,分分合合。眼见它俩刚分开,又同时跃上对面的桌子,朝对方猛冲过去,俨然两颗对撞的炮弹。好一场黄金豹的对决。

"哼!你是人吧!"黄金豹发出了人的嘶吼声。

"你才是人吧!人披上金色的豹子皮,就是黄金豹。"保险箱里蹦出来的豹子同样说起了人话。

原来，这两只豹子都不是真正的豹子，而是披着豹子皮的人。

"你小子是谁？明智小五郎？"黄金豹怒吼道。

"不是，我是明智侦探的徒弟。侦探说今晚你会来，让我在保险箱里守株待兔。还特地吩咐我，一定要剥掉你的画皮！"

"可恶！竟然算计我。不过我可没认输啊，我可是修炼千年的黄金豹！"

"小心吹破牛皮！明明就是个人嘛，我还怕你不成。"

"哼哼……口气不小啊，看招！"

黄金豹趁对手疏忽，猛地扑了过去，用两只前爪死死地掐住对手的喉咙，力气大得惊人，侦探的徒弟几乎要窒息了，脸憋得通红，耳朵嗡嗡作响，连呼救的力气都没有了。

徒弟命悬一线，就在这紧要关头，房门忽然打开，一个黑乎乎的东西闯了进来。原来是侦探的另一个部下，他穿了一身黑色的西服。前面也提到过，明智侦探在领着小林躲进车子之前，打电话叫来两个部下，安排其中一个披上豹子皮藏在保险箱里，另一个藏在书房里头那间卧室的床底下，一旦一方有危险，另一方就施以援手。

且说闯进来的那人从背后一把抱住黄金豹，勒住它的脖子。黄金豹一惊，松开了爪子，被它压在身下的豹子趁机起身。这下子战局变了，成了一头豹子对付一头豹子和一个人，双拳难敌四手，全然没有胜算。

"你们走着瞧！我一定会报仇的！"

黄金豹恶狠狠地说着，啪地打落对手的手，跳上跟前的桌子，紧接着一猫腰，刷地朝三米开外的窗户纵身一跃。窗外有一条垂到地面的细绳子，黄金豹从窗棂跳到绳子上，往下滑去。侦探的部下见状赶到窗边，可惜为时已晚，黄金豹已经落地，飞奔在深夜的大街上。

"糟糕！还是让它给逃跑了。我们也爬下去

追吧。"

"别忙，外面有侦探和小林君把关，它逃不了的。你瞧，那辆车起动了，侦探和小林君在车里。"

披着黄金豹皮的部下和穿黑衣服的部下站在窗边俯瞰大街。一场离奇的追踪行动正在上演——金光闪闪的黄金豹就像离弦的箭，飞奔在空无一人的大街上，一辆汽车静悄悄地跟在它的身后。

## 金蝉脱壳

这一带深宅大院居多，比较僻静，再者时值深夜，大街上没有行人，柏油路面反射着路灯的光，微微泛白。只见一只金色的豹子极速狂奔，它身后二十米处，一辆漆黑的小汽车熄灭大灯尾随其后，仿佛一团黑影。这场面只会在噩梦中出现。

明智侦探驾驶车辆，小林芳雄坐在副驾驶的位置，他说：

"那家伙知道我们跟踪他么？"

"说不定他已经觉察了。他去哪儿，我们就去哪儿。如果他进了小路，我们就下车追。今天晚上一定要查个水落石出。"

侦探小声说。其间他目不斜视，死死盯住跑在前面的黄金豹。就在这时，不远处的小巷子里冒出一个黑乎乎的东西，原来也是一辆熄灭大灯的汽车。车门敞开着，黄金豹钻了进去，咣当关上车门。

"嗬！他还留了一手嘛。开车的一定是他的部下。论开车我可不会输！小林，我要加速了。"

明智侦探说着猛踩油门，前面那台车也加快了速度。两台汽车破风前行，透过前车的后窗，能瞧见黄金豹闪闪发光的脑袋——它正朝后面看呢！黄金豹乘坐的车拐过一个又一个街角，驶过新宿，驶过中野，途径之处越来越偏僻，最后来到杉并区，这一带只有森林和旱地。

这时发生了一件怪事。黄金豹的车突然减速，忽左忽右地摇摆，就好像方向盘失灵了。

"奇怪。该不会是爆胎了吧？"小林轻声说。

"好像不是，那家伙要耍花招。"

"会不会是要跳车逃跑呀？"

"好像也不是。你瞧，后窗还能看见他的脑袋。"

他俩正说着,前车开得更慢了,走路都能追上。"不对劲啊,过去瞧瞧。"

明智侦探说着追了上去,猛地把车一横,断了黄金豹的去路。黄金豹的车一个急刹,停住了。明智侦探和小林火速跳下车,谨慎靠近。他俩的口袋里都准备好了手枪,以防不测。只见车门打开,司机下了车。路灯离这里很远,借着微弱的灯光,隐约可见司机的脸色发青,一副战战兢兢的模样。

明智侦探见他并没有反抗的意思,便不理会他,径自走到车旁,一手持枪,另一只手一把拉开后座的车门——黄金豹扑过来了么?并没有,什么也没发生。车内很安静。这么说黄金豹跑掉了?并没有,那只金光闪闪的怪兽就在眼前。它软软地瘫在靠背上。睡着了么?这种场合它也睡得着?

明智侦探一咬牙,用手枪戳了戳豹子,没反应,豹子仍旧是软软地瘫着。死了么?侦探便用手晃了晃豹子。你猜怎么着?这家伙竟然瘫倒在地,揉成一团——原来这只是一张皮!黄金豹的真身已经不见了，只剩一张皮。这家伙果然有一套，用皮做幌子，自己偷偷溜掉了。明智侦探把金色的豹皮拖出车外，提溜着脑袋，上下打量一番。

"哎呀，只有一张皮。"小林吃了一惊。

"啊？神不知鬼不觉就……"司机也是一副吃惊的样子。

"我有事要问你。"明智侦探站在司机跟前，怒目注视着他。

## —林中小屋—

见明智侦探态度严厉,司机畏缩起来:

"我不是坏人啊,我是开计程车的。今天值夜班,在麹町兜生意,一个绅士叫住了我,给了我不少钱,让我停在小巷子里,等他一声令下,就敞着后座的车门开上大街去。我一时间鬼迷心窍,就答应了他。

等到半夜,那人命令我开车,我便打开后座车门,来到大街上。结果,你猜怎么着,一只金色的豹子猛地钻了进来,恶狠狠地对我说全速前进,看那架势,要吃了我似的。我心想这家伙莫非就是传说中的黄金豹吧。听说它修行千年,会说人话。我吓得魂儿都飞了,眼睛一闭心一横,听凭它使唤,铆足了劲儿开车。

可是大概就在五六分钟前,后排没声音了。之前它还一会儿说往左开,一会儿说往右开,突然就不吱声了。我纳闷了,往后一瞧,黄金豹睡着了,我故意往烂路上开,颠簸它几下,还是没反应。于是我放慢速度,心里正想着怎么办,就被你们追上了。"

听了这番话,明智侦探判断这人不是黄金豹的同伙。他说:

"原来如此。这么说来,就在五六分钟之前,打扮成黄金豹的人脱下皮跳下车了?我们晚了一步,好吧。你走吧,我们也撤了……这张皮,我先留着。"

说着,侦探拿着豹皮,与小林芳雄回到自己的车上。他对小林说:

"你先上车。"

小林依从侦探的话先上了车,侦探随后上了驾驶座,把嘴贴在小林耳边,说起悄悄话来:

"你打开你那边的车门,悄悄下去,躲在那边那颗大树后面,盯住那辆车。我去把车开到隐蔽的地方停好,然后马上回来。如果有什么可疑的东西从那辆车里出来,你就去跟踪。听明白了?"

说着就把小林从副驾驶座一侧的车门推了出去。侦探的葫芦里卖的是什么药?小林不明白,不过还是依令行事,悄悄走出车外,躲在附近一棵大树的后面。附近光线昏暗,再者有"明智一号"遮挡,那个司机自然看不见小林的行动。

过了一会儿,明智侦探的车起动,原路返回。小林芳雄则藏身树后,严密监视。又过了一阵,只见那个司机东瞧瞧西看看,然后走到车的后排,上半身探进去捣鼓了一阵。

"不对劲啊,那家伙果然有问题。"小林心想。他屏息吞声,静观其变。

片刻,那司机好像完事了,挪出上半身,往后撤了两三步。这时,车里忽然冒出个人来,一身黑衣黑裤,长相看不清,身段倒是给人精明强干的印象。

"我明白了。那家伙肯定是披着豹皮的人。那辆车肯定有机关，谎称半道上跳车，其实躲在座位下面，企图蒙混过关，真是老奸巨猾。幸亏侦探的眼睛是雪亮的，一眼就看穿了他们的鬼把戏，留我在这里监视。侦探真是太厉害了！"

小林内心暗暗称赞，视线始终没有离开那两人。黑衣人跟司机耳语几句，司机便上了车独自离开了。黑衣人东张西望一阵，朝树林中走去，小林尾随其后。

这片林子很大，大得让人怀疑这里到底是不是杉并区。黑衣人在大树间穿行，路灯的光照不进树林子，漆黑一团，一不留心便会失去目标。不过很快，眼睛适应了黑暗，大致掌握了四周环境——森林正中，耸立着一座黑乎乎的方形建筑，是一座砖砌的洋房。黑衣人快步走了过去。

## 猫 姑 娘

黑衣人走进那座洋房，忽地消失了。或许是进了屋子，可是没看见门打开呀。难道是从窗户钻进去的？小林芳雄犹豫片刻，下定决心走到洋房门前，咚咚咚敲了几下，听见有人来开门了。他下意识地握紧口袋里的手枪，以防万一。万万没想到，前来应门的，并不是黑衣人，而是一个小姑娘。

借着室内的灯光，小姑娘的相貌打扮看得清清楚楚。她不是女用人，而是个十来岁的可爱女孩子，也许是这户人家的女儿。不过话说回来，大半夜的，一个女孩子穿着白天的衣服，还不睡觉，总觉得有些古怪。不管三七二十一，探探情况再说。于是小林问道：

"你是这家的孩子吗？"

"是啊。"少女的说话声像银铃般悦耳。

"我刚刚看见有个奇怪的人偷偷溜进你们家了。你爸爸妈妈在家吗？我想见见他们。"

"好呀，你跟我来。"

少女说着便往里走。感觉她挺老到的，是个小大人。她走进客厅，打开电灯。客厅是西洋画中常见的西式风格，家具古色古香，一侧的墙上有一个烧煤的壁炉，上方有一面大镜子。

少女在一张豪华的长沙发上坐下。这时发生了一件怪事——对面的房门打开了，出来一只、两只、三只……总共十来只大小各异、毛色不同的猫咪。当中有一只体型很大，身上有斑点，乍一眼看去，还以为是黄金豹的幼崽，吓了小林一大跳。定睛细看，虽然长得像豹子，但那的确是只猫。

那只小豹子模样的猫虽然姗姗来迟，却很是霸道，挤过猫群，跳上少女的膝头，舔起少女的手来。其他猫咪也围过来，或跳上沙发，或趴在少女脚边。一只小猫爬上少女的背,蹲在少女肩头,用脑袋蹭她的脖子。个个娇态毕现,十分可爱。

"这些猫都是你养的?"

小林芳雄吃惊地问道。少女微微一笑,说:

"是啊。我们家是猫宅。"

听到猫宅,小林想起了故事开头出现的猫爷爷,心里不禁发了毛。这里该不会就是猫爷爷的老巢吧?

"你们家有老爷爷吗?留着白胡子,很喜欢猫的。"

心中的疑问脱口而出。少女一脸无知,答道:

"我们家没有老爷爷,只有妈妈和我两个人。"

小林看着她,忽然打了一个激灵。少女的脸,怎么那么像猫呢?

猫的脸都很可爱,而这个小姑娘就长得很像猫,简直令人怀疑她是不是猫变的。她,该不会是"猫姑娘"吧?小林不禁联想到"猫怪"的传说。仿佛眼前这个可爱的小姑娘,嘴角会一下子咧到耳后根，嘶吼一声"喵嗷！"朝他扑来……想到这里，小林打了一个寒战，差点撒腿逃跑。

好不容易镇定下来，小林心想既然来了，好事做到底，怎么也得见见女孩的母亲，向她说明情况，便说：

"我想见见你妈妈，她在家吗？"

"在的，马上就来了。你听，她的脚步声。"

少女柔柔的腔调真像猫咪。可是小林什么也没听见。莫非她有一双特别敏锐的耳朵，能听见人类听不见的声音？这时，一只猫跳下沙发，朝对面打开的门跑去，接着，第二只、第三只……猫咪们陆续朝那里跑去，莫非是嗅到了少女母亲的气味？

## —猫夫人—

这时,门后走出一位三十来岁的美丽女士,衣着华贵,珠光宝气。她的长相和少女有几分相似之处,也有些像猫。

"你是?"她说话带着外国人说日语的腔调。

"我叫小林,是明智小五郎侦探的助手。刚才我看到一个刚刚脱掉黄金豹皮的家伙溜进您家,特地来提醒的。您没看见有谁进来吗?"

小林说完,女士嘴角往上一挑,微微笑了笑,感觉像猫在笑。她说:

"什么也没进来呀。该不会是你看错了吧。"

"是真的。请您去看一看。这么大的屋子,说不定藏在什么地方了。"

不料女士无动于衷。看来这里果然住着装扮成黄金豹的家伙，这些人应该是他的同伙吧。

"现在都大半夜了，你们两位还不睡觉吗？"

小林横下一条心，大胆提问。女士眯眯笑，越来越像猫了。她说：

"今晚我们和猫一起开派对呢。一个月一次，通宵的派对。别忘了，这里是猫宅哟。"

这时，少女下了长沙发，走到小林身边，把身子往他身上靠，宛如小猫黏糊人。虽说少女很可爱，但这个黏糊劲儿让他实在受不了，轻轻一抽身，躲开少女。

"你随我来，给你看一样东西。"少女的母亲和和气气地邀请他。

小林本来就觉得这宅子不对劲，现在受夫人邀请，正好进去一探究竟。他在心中把这位女士称作"猫夫人"，因为她的相貌和举动都像极了猫。猫夫人走在前面，小林走在后面，一众猫咪也是一路伴随而来。

猫夫人打开一扇房门,招呼小林进去。连招手的动作,都像极了猫。小林随后进了房间。里头十分宽敞,应该是书房吧。地上铺着锃亮的拼花木地板,沿墙壁摆着书架,迎面有一张大书桌。猫夫人走起路来像猫一样,走到那张大桌子旁,回头微笑着朝他招手。

"您要给我看什么呢?"

小林站在门口问道。猫夫人的表情更加温柔了。她说道:

"好东西,让你大吃一惊的东西,快来呀。"

娇柔的嗓音仿佛带着磁性,吸引人过去。小林脚下发飘,晃晃悠悠地走进房间。他忽然想到了什么,摸了摸口袋——猫夫人或许没安好心,到时候就给她一颗子弹尝尝——然而口袋里什么也没有,手枪不见了。

"糟糕!一定是刚才猫姑娘搞的鬼,趁黏在我身上的时候……"

小林恍然大悟,可惜已经晚了。脚下的地板忽然消失,他惊叫一声,身子直直往下坠,掉进一个漆黑的洞穴里。原来,这块地板的下面是一个陷阱!

小林在下坠的一瞬间,瞥见猫夫人的脸,只见她靠在大书桌边微微笑着,右手按着书桌的侧面。想必那里有开关,只要按下开关,陷阱的盖板就会忽然下坠。

# 地底的黄金豹

扑通！小林结结实实地摔在地上。幸亏着地的是肉厚的屁股，这才避免了伤筋动骨，过了一阵，他就能够站起来活动了。这里漆黑一团，什么也看不见。他摸了摸地板，是水泥的，摸索着走一段，就摸到了水泥墙——这里是地下室。

小林沿着墙壁转了一圈，四周全是水泥墙，有一扇门，不过上了锁，推它拉它都打不开。显然，自己被困在这里了。猫姑娘、猫夫人，都是一伙的，虽然早有戒备，但还是一不留神被偷走了手枪，真是大大的失策。现在只有开动脑筋，凭借智慧保护自己了。

小林靠在墙壁上坐下，伸出双腿，静静地思考对策。这不是他第一次遭遇困境,所以一点也不慌张,泰然处之。不久,对面传来"喀嚓"一声,好像是有人在开门。小林忽地起身,严阵以待。

吱呀一声,门打开了,眼前出现一团圆形的光!小林很快反应过来,那并非怪兽的眼睛,而是手电筒的光,正步步逼近自己。悔不该粗心丢了手枪,要不然还能用它吓唬吓唬对方,现在只能握紧拳头,时刻准备着战斗。

手电筒的光迎面照过来,使得自己完全暴露在对方的眼皮底下,而自己却看不清对方,隐约看见黑暗当中有一团东西。

"嘿嘿嘿……小侦探,你中计了,不是我的对手嘛。嘿嘿嘿嘿……"

听声音,对方就是那个装扮成豹子的男子。

"你是谁?我看不见你长什么样。"小林很是坦然。

"哼,毛孩子,你倒很镇定嘛。就让你开开眼吧!"

男子说着,用手电筒照亮了自己的脸——原来是个面目可憎的老头。只见他身穿黑色紧身衣，戴着黑框眼镜，蓄着白胡须，眼镜片后面是一对又大又圆的眼睛，有一种豹子的眼神。小林虽然没有见过猫爷爷，但眼前这个老头应该就是他。

"我没猜错的话，你就是猫爷爷吧。"从小林的声音里听不出丝毫恐惧。

"没错，我就是猫爷爷。你可知我猫爷爷是什么人吗？哼哼哼……告诉你吧，我是驯兽师，手下有一只修炼千年的魔豹，江湖人称'黄金豹'！你看，黄金豹就在这里！"

老头说着，把手电筒朝向自己身后——天哪！那一身金色的皮毛，那一双凶光毕露的眼睛，那一张血盆大口，那满口白森森的獠牙利齿——黄金豹走过来了！小林吓得不轻。要知道，黄金豹的皮被明智侦探带走了，而披着那张皮的男子（也就是眼前的老头）逃进了这所宅子，可是万万没料到，这里竟然还有一头黄金豹。

老头用手电筒把它从头到尾照了一个遍，这下小林又有了惊人的发现——这是一头真正的豹子，并不是人披上豹皮假扮而成的。你看它的腿，人的腿不可能有这么细。再看它后腿的弯曲方式，人类的骨骼是不可能弯成那样的。

"哈哈哈……都看明白了？小侦探，我现在要让它吃了你，乖乖等死吧。"

堂堂小林芳雄听了老头的话，也是吓得脸色铁青，心想要是手枪在身边该多好，可惜已经落入猫姑娘之手。面对黄金豹，他只得一步步往后退，碰到墙壁之后，身子紧贴墙面往一侧挪动。

"去吃了他，你最喜欢的人类小孩。"老头厉声呵斥道。

话音未落，一团金色朝小林扑过去。呲啦呲啦，那是衣服撕裂的声音——黄金豹后腿直立，前爪搭在小林的肩部，扯烂了他的衣服。它的脸几乎快贴住小林的脸，动物特有的气息扑面而来，两只青幽幽的眼睛就在小林眼前。

小林芳雄的命运又将如何呢？

## —怪兽的真面目—

就在这紧要关头,房门外传来悠悠的口哨声,而且越来越近。紧接着发生了一件怪事,攻击小林的黄金豹突然撤下前爪,就像是受到了口哨声的召唤,朝声音传来的方向走去。老头见状吃了一惊,循声望去,厉声喝道:

"你是什么人!"

地下室的一角,站着一位身穿黑西服的高个男子。他微微笑着,手里握着枪,枪口对准老头。老头不禁后撤几步。他的口袋里也有枪,只可惜没机会掏出来了。

"啊!侦探!"小林高声惊叫着跑向来者。

吹着口哨走过来的,竟然是明智侦探!怪老头也明白过来,只不过被对方用手枪指着脑袋,束手无策。

"老头,把你手上的电筒递给小林。"

小林走过去,接过老头的手电筒。

"来,你拿枪对准这家伙,我给你看好戏。"

小林右手接过侦探递来的手枪,左手拿电筒,先后照了照明智侦探、黄金豹和怪老头。侦探又一次悠悠地吹响了口哨。你猜怎么着?那只可怕的黄金豹,变得像一只小狗,黏在侦探身上撒欢。侦探解释道:

"我藏好汽车之后,马上回来跟踪那个黑衣人,随后进了那片林子,抢在你们前面,躲在这所宅子附近。那家伙没有走大门,而是钻进宅子侧面的地洞。洞口盖着草,显然是秘密出入口。我跟在他后面进了地洞,经过一个地下室,不是这个房间。这儿地下室还真不少。

"黑衣人进了那个房间。我透过门缝朝里看,里面有一只很大的狗,黑衣人从柜子里取出金色的豹皮，给大狗穿上，这就捣鼓出一只黄金豹了。这时你按了门铃，那家伙匆匆忙忙上了一楼，大概是给手下安排工作去了，好一阵也没见他回来。就趁这会儿，我和那只狗成了好朋友。论驯服动物，我还是有一手的。

"又过了一会儿，他回到地下室，这时已经是白胡子老头的打扮了。喏，就是他。"

说着，侦探用手指了指身旁的怪老头，继续说道：

"这只黏我的黄金豹，就是我说的大狗，披着豹皮罢了。你瞧，解开它肚子上的暗扣，就能脱下豹皮。"

明智侦探说着，三下五除二揭下黄金豹的皮，一只大狗赫然入目，乖乖地站在侦探身边。

"老头，你和猫爷爷是同一个人吧。黄金豹消失之后，必定有一个白胡子老头出现，就是你吧。其实你根本不老，年轻力壮，否则哪里敢冒如此大的风险，干出这等出格的事情。"

明智侦探说着挨近老头，搜了搜身，从他上衣的口袋掏出一把小手枪，塞进自己的口袋。老头慑于小林芳雄的手枪，只得乖乖地任由侦探摆布。

"这只狗训练得不错嘛。在打扮成豹子的时候，它绝对不叫，如果遭到追捕，必定跑到指定的地点，于是大家都被它骗了。话说回来，它只在两个地方亮了相，一是银座美宝堂的陈列室，二是日本桥的江户银行。

"在美宝堂遇袭一案中，黄金豹遭到警察追捕，在深夜的银座大街上跑了好长一段路。假扮成黄金豹的人显然做不到，这时的黄金豹必须由真正的动物来扮演。

"而在江户银行一案中，你化装成老绅士进了会客室，把大狗从面向小胡同的窗户召唤进来，给它换上黄金豹的行头，自己则打扮成年轻的银行职员，溜出会客室。经理回到了会客室，自然就看见了黄金豹。你趁乱混进保险库，偷了几捆钞票。豹子跑上二楼，又从别的楼梯下来，你等在那里，揭下它的豹皮，还原成狗的模样，然后若无其事地从后门溜了出去。这一番调查，可是费了我不少工夫啊。"

明智侦探说到这里，突然关上了话匣子，死死盯住怪老头看。小林芳雄用手电筒照着老头的脸，右手持枪对准他的胸口。明智也拿着没收来的手枪对准老头。这下子，老头是彻底没辙了，一不敢反抗，二不敢逃跑，只得乖乖投降。明智侦探继续说道：

"用狗充当豹子的事情你只干了两次，其余都是你本人披着豹皮玩的鬼把戏。你先用大狗充当豹子，令人们深信干坏事的就是动物，事后自己披上豹皮上场，就没人会怀疑了。而且，你总在夜间出现，也不在人面前长时间奔跑。需要奔跑的场合，你就派大狗出场。

"你不光假扮成黄金豹，还假扮成各种各样的人，为所欲为。猫爷爷是你假扮的，园田先生家的助造也是你假扮的，现在这副样子也是你的伪装。

"另外，园田家的豹子画像从杉木门板上脱身、客厅沙发的豹皮垫子变成活豹子，都是你搞的鬼。黄金豹跑进助造的房间消失了，那是你脱掉豹皮，变回助造的模样。后来助造被小林揭穿，逃回自己的房间之后摇身一变，成了黄金豹，那是你穿上豹皮变的。

"在澡堂烟囱上荡秋千的，大闹特快列车的，都是你。你一定在马戏团里表演过杂技吧。其他还有许许多多的细节，都能用你披上豹皮假扮成黄金豹来解释。不过，也还有解释不通的。那就是黄金豹是如何消失在密室中的，这种情况发生过两次。

"第一次是黄金豹逃进银座珠宝店的会客室后便消失了，第二次是在园田先生家中，黄金豹出现在书房，小林惊醒后逃了出去，关上了门叫来救兵，却发现房间里什么也没有。真是令人匪夷所思。

"回顾这两起事件，房间的窗户上都安了铁栅栏，只有一扇门，门外都有人。所以，不管是人是狗，都不可能从房间里出去。这个谜题的确很难，不过，已经被我解开了。"

明智侦探说到这里，微微一笑。

## —恶魔的下场—

随后，侦探开始他的推理：

"黄金豹逃进珠宝店的会客室后，用后腿猛踹门，关门的冲击力使得搭扣锁上了，警察只能破门而入，发现房间里什么也没有。会客室只有一扇窗，而且安了铁栅栏，黄金豹理应是瓮中之鳖，却消失得无影无踪。

"当时的黄金豹，显然是你披上豹皮假扮的。你身穿薄薄的呢绒西服，颜色酷似珠宝店某位店员的衣服，长相、发型也是参照那位店员化的装。你进入会客室，关上门之后，立刻脱掉豹皮，变成店员的模样，等待警察来开门。

后来，警察撞破了门板，解开搭扣，把门推

开。那时你就藏在门板与墙壁间的夹缝里。警察把房间里豹子可能藏身的地方搜了个遍,你趁机从门后出来,以店员的形象出现,装作帮助警察搜查,其间看准时机偷偷溜走。那豹子的皮,想必是团成一团塞进容器里,从铁栅栏的缝隙间丢下去,事后再去巷子里捡回来。

"这只是我的推测,不过也只有这一种可能。怎么样?你不反驳吗?看来我说中了嘛。"

小林芳雄的手电筒照亮了怪老头的脸。老头一脸又惊又怕的表情,十分不堪。显然,明智侦探的推理句句击中要害。

"再说说另一个密室消失之谜。小林君在园田先生家的书房睡觉,当时出现的黄金豹后来也消失了。这个谜题更难。那时没有警察赶来,也不像珠宝店,有那么多人做掩护,要想化装成别人溜走,没那么简单。

"要解开这个谜题,就必须先解开另一个谜题。这只大狗扮演过黄金豹,你这个大活人也扮演过黄金豹,除此之外,其实还有一样东西,也扮演过黄金豹。只有意识到这一点,才能够解开这个谜题。"

明智侦探的解说戛然而止。怪老头依然沉默着,小林也不吱声。昏暗的地下室安静得就像坟场。就在这时,

"嗷——"

一声野兽的嚎叫打破了沉寂。

怪老头显然是受了惊吓,表情扭曲。小林芳雄也倒吸了一口凉气。大狗安安静静的,并不是它在叫。况且,狗是不会发出如此吓人的吼叫声的。

"的的确确是动物的声音。这里还有别的动物,走,去瞧瞧!"侦探说着,掏出手枪,戳了戳怪老头的背,"你,走在前面,去有动物叫声的房间。"

老头无奈地走在前头,小林和大狗跟在后面。出了门,是一条狭窄的走廊,打开对面的房门,红褐色的灯光扑面而来。这个房间只有一盏小小的吊灯。老头前脚刚迈进门,突然"啊"地惊叫起来,

愣住了。

你猜怎么着？正对面那张大桌子的后面，坐着一个可怕的东西——不是别的，正是黄金豹！金光闪闪的怪兽端坐在椅子上，盘着前爪，脑袋搁在上面，两眼死死盯住来者。小林和明智侦探都看到了。

"这……这是怎么回事？！"怪老头脸色铁青，失声惊叫道。

刚才明智侦探提到了"不是人也不是狗"的黄金豹。眼前这只难道是真正的豹子？就在这时，明智侦探在小林耳边说了几句，小林的脸上顿时浮现出惊讶的神色。他把手上的枪递给侦探，默默地走出房间。

"你仔细瞧瞧这头豹子，看看会发生什么。"侦探的话意味深长，他毫不放松警惕，把枪口对准老头的背部。

不一会儿，出了一件怪事。趴在桌上的黄金豹有动静——并非扑向来者，而是哧溜溜滑下桌子去了，似乎有什么东西把它往后拽。椅子后面有一扇面朝走廊的窗户，窗玻璃开着，留了宽约二十厘米的间隙，黄金豹就是冲着那个间隙去的。

瞧，它的前后腿耷拉着，身体也像泄了气一样软弱无力，竟然穿过只有二十厘米宽的间隙，到外面去了。最后，豹子那硕大的脑袋也瘪塌塌地勉强挤过间隙，消失在窗外的黑暗中。

"现在明白了吧？这就是园田先生书房里的黄金豹，能轻轻松松通过窗户的铁栅栏。"

明智侦探正解说着，小林回来了。手里抱着金色的豹皮，豹皮的背部系着一根长长的线。

"我把你丢在车上的豹皮拿来了，系上线，让小林在窗外拉。刚才我把它的前爪盘好，脑袋搁在上面，乍一眼看去，还真是一只活生生的豹子，谁也没想到那只不过是一张皮而已。这就是你在园田先生的书房里玩的鬼把戏。你不会矢口否认吧？刚才动物的吼叫，是我用腹语术发出来的声音。区区一张豹子皮，是不会叫的。"

怪老头像霜打的茄子，彻底蔫了——侦探的推理句句击中要害。

"事到如今，你就露出原形吧！"

话音未落，明智侦探朝老头猛扑过去，一把扯了他的假发、假胡子和假眉毛。老头"啊"地惊叫一声，赶忙阻拦，可惜为时已晚——原来，假发、假胡子和假眉毛所遮掩的，是一张年轻的脸。

"果不其然，我不知道你到底有几张脸，不过这张脸我有印象。你是乔装打扮的高手、空中杂技的达人，只有你才想得出黄金豹这么离奇的点子，具备这些能力的，全日本只有一个人。哼哼哼……二十面相！好久不见啊。"

二十面相！黄金豹原来是他的"杰作"！

"小林君，吹哨子！"

小林随即吹响哨子，紧接着台阶上就传来了哒哒哒的脚步声。明智来这里之前就联系好的十几位警员已经包围了这里，其中几位听到哨声，急忙赶来。

就这样,大侦探明智小五郎和他的得力助手小林芳雄,在和怪盗二十面相的斗争中又一次取得了胜利。不用说,猫姑娘、猫夫人以及二十面相的其他同伙,也一并落网了。